KB045884

ORC HERO
STORY

# 오크영웅이야기
## 촌탁열전

전쟁의 시대는 좋은 시대였어요
자기 취향인 남자를 마음껏 붙잡아서
마음껏 먹을 수 있었죠……

## 캐럿

『헐떡이는 목소리』라는 별명을 가진
서큐버스, 배시의 전우이자 맹자들이
모인 서큐버스군에서 최강이라
인정받았다.

# Carrot

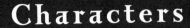
# Silviana

## 실비아나

비스트족 다섯째 공주. 숙부인 용사
레토를 죽인 장본인 배시에게 한눈에
반했다며 적극적으로 다가온다.

심술궂으신 분……

저는 식후의 디저트라는

거로군요?

레토 숙부님을 죽인 오크라고 들어서
좀 더 추악한 분을 상상하고 있었는데,
남자답고 성실해 보이는 분이시지 않나요.

**저, 한눈에 반해버렸어요.**

당신을 쓰러뜨리고서라도, 저는 제 길을 가겠어요.

나도 너는 존경할 가치가 있는 전사라고 생각한다.

ORC HERO STORY 4

# CONTENTS

## 제4장 비스트의 나라 수도 리칸트 편

오크 영웅 이야기

ORC HERO STORY

촌탁열전

리후진 나 마고노테

illustration
아사나기

Rifujin na Magonote
Asanagi

4

일러스트 — 아사나기

촌탁: 타인의 심정을 헤아리는 것, 또한 헤아린 상대에게 배려하는 것.

(출처: 프리 백과사전 『위키피디아(Wikipedia)』)

# STORY

수도 리칸트 편

Episode
Lycant

# 제4장

## 비스트의 나라

Beast country

# 1. 곤그라샤 산맥

린드 산에서 능선을 따라 북서쪽으로 이동한 곳에 곤그라샤 산맥이 존재한다.

곤고르 산, 그라트 산, 알료샤 산으로 이루어진 산맥으로, 높이는 사천 미터에 달한다.

비스트의 나라는 그 산맥 너머에 있다.

곤그라샤 산맥은 드워프의 영토이지만, 모든 산이 도반가 공처럼 반대쪽으로 빠져나갈 수 있는 구멍이 존재하는 것은 아니다. 설령 비스트 나라로 빠져나갈 수 있는 루트가 있다고 해도 모두가 그것을 아는 것은 아니고, 지도 같은 것은 물론 존재하지 않는다.

그래서 여행자가 드워프 나라에서 비스트 나라로 이동할 생각이라면, 이 산맥을 크게 우회할 필요가 있다. 왜냐하면, 산맥은 험난해서 사람이 지날 수 있을 법한 장소가 아니니까.

"어쩐지, 안개가 짙어졌네요."

"그렇군."

배시는 그런 산속에 있었다.

배시는 오크의 영웅이다.

가혹한 전장에는 익숙하고 때로 이런 험한 산길이나 깊은 숲, 마법이 오가는 전장을 뛰어다닌 적도 있었다. 오크의 강인한 몸과 무진장한 배시의 체력이 있다면, 이 정도 산맥을 넘는 일은 간단한 것이었다.

"발밑 보이나요?"

"안 보이지만, 문제없다."

배시는 지금 짙은 안개 속, 깎아지른 절벽을 가로지르고 있었다.

급경사에 매달려서, 하지만 그것을 전혀 개의치 않고 척척 고속으로 이동하는 모습은 마치 거대한 거미 같았다.

그를 모르는 자라면 눈을 의심할 것이다. 환영을 조종하는 몬스터에게 희롱당하는 것은 아니냐고, 뺨을 꼬집어서 확인할지도 모른다.

하지만 배시를 아는 자라면 "아, 역시나 배시 씨도 절벽에서는 파바박하는 느낌으로 뛰어가진 못하는구나" 하고 안심할 광경이었다.

"어라라~? 당신, 어쩐지 기분 좋아 보이네요. 무슨 일 있었나요?"

"비스트 여자를 생각하면, 말이다."

배시의 입가는 풀어져 있었다.

머릿속에 그리는 것은 전쟁 중에 본 비스트 여자들이었다. 모두가 매끄럽고 아름다운 몸을 가진, 예리한 전사였다.

비스트족.

그들을 한마디로 표현한다면, 이족보행 짐승.

민첩하고 사납다. 인정사정없이 잔학한 성미. 어둠 속에서도 밤눈이 밝고, 설령 짙은 안개 속일지라도 예민한 후각으로 적을 찾아낸다.

자신들만이 알 수 있는 특수한 울음소리로 은밀하게 부대 사이의 연락을 취하고, 화려한 포위전에서 적을 몰아붙이는 모습은 그야말로 압권이었다. 마법에서는 다른 종족에 비해 크게 뒤처지지만, 그들은 그것을 신경 쓰지 않는다.

왜냐하면 그들은 전사의 종족이니까.

그러나 오크에게 또 하나 중요한 정보가 있다.

비스트는, 다산이다.

한 번의 임신으로 세 명에서 일곱 명 정도의 자식을 낳는다.

게다가 일 년에 한 번인 발정기 때에는, 교미 상대가 오크일지라도 거부하지 않고 정열적으로 다가오는 때조차 있다.

그래서 일부 오크에게는 절대적인 인기를 얻고 있었다.

역시 아이를 낳는다면 비스트가 최고야, 라고.

비스트의 외모는 오크 사이에서도 호불호가 갈리지만, 배시로서는 취향의 범주에 들어간다. 적어도 드워프와 비교하면 하늘과 땅 차이다.

그렇게 아직 보지도 않은 비스트 여자와의 만남을 생각하면 입가는 풀어지고 발걸음도 자연스럽게 가벼워지는 것이었다.

"다음에야말로, 아내를 찾고 싶군."

"그래요! 이제까지는 나도 어중간한 정보에 휘둘린다든지 그러느라 완벽한 서포트를 할 수 있었다고 단언할 순 없어요. 하지만 다음에야말로 완벽한 서포트로 완벽한 아내를 발견하고 완벽한 프러포즈로 이끌겠어요!"

세 번의 프러포즈 실패.

그것은 역전의 전사인 배시에게도 조금씩 초조함을 드리우고 있었다.

서른 살이 될 때까지 아직 시간은 있지만, 이 시간의 흐름은 빠르다. 느긋한 소리를 늘어놓는 동안에, 순식간에 그 순간은 오고말 것이다.

그렇게 된다면, 배시는 끝이다. 평생 빛이 드는 곳에서는 살 수가 없다.

비스트 왕족의 약혼.

그에 따라 들뜬 비스트 나라.

이 기회를 자기 것으로 삼지도 못하고서야 뭐가 영웅인가, 뭐가 역전의 전사인가.

두 사람은 이번에, 지금까지 이상으로 기합을 넣고 있었다.

"그보다도, 길은 어느 쪽이지?"

깎아지른 절벽을 빠져나와 두 다리만으로 지면에 설 수 있게 된곳에서, 배시는 주위를 둘러봤다. 기합은 넣었지만 주위는 그야말로 오리무중.

어느 쪽이 오르막인지 내리막인지조차, 어렴풋한 정도밖에 알수가 없었다.

"이쪽이에요! 이쪽! 『붉은 숲』은 이쪽이 틀림없어요! 날 믿고 따라와요!"

"그래!"

하지만 그곳에는 정찰이 특기인 요정도 있었다.

혹시 젤이라는 이 요정을 잘 모르는 사람이라면 그다지 미덥지않은 그 언동에 불안을 느끼고 길을 그르쳤을 것이다.

하지만 배시는 젤과 오랜 인연이 있었다. 뇌우가 퍼붓는 낯선 숲에서도 시체가 겹겹이 쌓인 늪지에서도 노성과 검격이 귀에 울리는 전장에서도 젤의 길 안내를 믿고, 그에 따라서 살아남았다.

그래서 믿고 따라갔다.

때로는 멀리 두르는 경우도 있지만, 반드시 목적지에 다다른다는 것을 아니까.

거칠게 드러난 암반. 공기는 서늘하고, 계절에 따라서는 눈으로 덮여 있어도 이상하지 않다.

휴먼이라면 순식간에 동사할 것 같은 가혹한 환경. 하지만 배시의 발걸음은 가벼웠다. 왜냐하면 비스트의 나라, 『붉은 숲』은 이제 바로 앞에 있으니까.

"어? 안개가 걷혀요!"

그때 강한 바람이 불었다.

그리고 그 바람에 날아가듯이 안개가 걷혔다.

하늘을 뒤덮은 구름 사이로 빛이 비쳐들고, 맑은 하늘이 펼쳐졌다.

불과 1분 정도 만에 벌어진 일이었다.

배시 주위를 덮고 있던 안개는 개고, 하늘에는 구름 한 점 없이 환하게 태양이 빛나고 있었다.

"『내천』인가."

이곳 바스토니아 대륙에서는, 때때로 이렇게 급격하게 날씨가 바뀌는 일이 있다.

호우나 폭풍이 갑자기 그치고 맑은 하늘이 드러나는 것을 내천

(來天), 반대로 갑자기 호우나 폭풍이 들이닥치는 것을 강천(降天)
이라고 부른다.

그것들은 이따금 큰 전투 와중에 벌어져서 역사를 움직였다.

배시도 내천이나 강천에는 많은 추억이 있었다.

쉽사리 잊을 수 없는 레미엄 고지 결전에서도, 강천과 내천이
일어났다.

다만 그것은 자연의 산물이 아니라…….

"저, 저쪽! 저쪽에 비스트의 숲이 있어요!"

그렇게 배시가 어느 인물을 떠올리려던 참에, 젤이 외쳤다.

젤이 가리킨 방향. 오른쪽 후방. 지금 막 통과한 절벽 바로 아
래 즈음으로 붉은 숲이 보였다. 화려한 단풍을 선보이는 커다란
숲, 비스트족의 『붉은 숲』이.

"내, 내려가요!"

"음!"

호언장담하며 지나친 곳이었지만 배시는 개의치 않고 끄덕였다.

젤에게 길 안내를 맡기면 이렇게 되는 것은 항상 있는 일이었
다. 최종적으로 일에 늦어지지 않고 도착할 수 있다면 아무 문제
도 없다. 배시 혼자라면 도착 못 하든지, 혹은 도착했을 때에는
이미 늦었다든지 그러니까.

촤라락 미끄러지듯이 급경사를 내려가기 시작했다.

배시를 잘 아는 오크라면 "아, 역시 배시 씨도 갑자기 뛰어내리
거나 그러진 않는군요"라고 안심하며 실망할 광경이었다.

"……음?"

경사면을 내려가는 도중, 배시는 문득 기척을 느끼고 뒤를 돌아봤다.

"......."

돌아본 곳에는 정상이 있었다.

배시의 눈으로도 아득히 먼, 산맥의 정점이.

그곳에서 무언가가 번쩍 빛을 반사했다.

역광이라서 잘 보이지는 않지만 집중해서 응시하자, 그곳에 누군가가 서 있는 것처럼도 보였다.

"왜 그래요?"

"......아무것도 아니다. 우리 말고도, 안개 속에서 헤매던 여행자가 있었나 보군."

그렇지만 배시는 오크.

자잘한 일을 신경 쓰는 타입이 아니었다. 정상에 누군가가 서 있다고 해도 전혀 상관없는 것이었다.

"흐─응. 그런가요."

그리고 젤 역시도 자잘한 일을 신경 쓰는 타입이 아니었다.

'설마.'

배시는 한순간 어느 인물의 이름을 머릿속에 떠올렸지만, 금세 부정했다.

그 인물은 현재 이런 장소에 있을 인물도 아니고, 또한 설령 이곳에 있을지라도 배시에게는 관계없는 일이니까.

"자, 우선은 관문을 찾았어요! 레츠 고예요!"

"그래!"

이리하여 두 사람은 산을 내려가는 것이었다.

■

"추방자 오크다! 추방자 오크가 나타났어!"

"전원 발검! 전 중견 병단의 이름을 걸고, 절대로 살려서 돌려보내지 마라!"

"공주님의 경사스러운 날에 누를 끼치게 둘까 보냐!"

배시가 국경으로 다가가자, 국경은 갑자기 소란스러워졌다.

수십 마리 투우와 싸우고서 승리한 불독 같은 얼굴의 병사들이, 엄니를 드러내고서 배시를 포위한 것이었다.

"기다려라, 나는 추방자 오크가 아니다. 내 이름은 배시, 어떠한 것을 찾아서 여행 중이다!"

"그래요! 이렇게나 기품이 넘치는 추방자 오크가 어디에 있다는 건가요! 날마다 멱을 감아서 깔끔하게 가다듬은 피부……는, 오늘은 산을 넘어오느라 조금 더럽지만, 하지만 향기로운 냄새의 향수……는, 역시나 산을 넘느라 사라졌네요, 조금 냄새가…… 아니, 하지만 얼굴, 그렇지 얼굴! 이 얼굴은 흔해 빠진 추방자 오크와는 다르게 단정한 얼굴이에요! 자, 보세요! 멋진 엄니!"

불독들은 초고속으로 날아다니며 마구 떠들어대는 페어리를 보고 의아해하는 표정을 지었지만, 그러나 검을 집어넣지는 않았다.

오히려 배시라는 이름을 듣고 안면에 더욱 힘이 들어갔다.

"배시라고?!『오크 히어로』배시 말이냐?!"

"그렇다!"

"이 자식! 이 나라에 무슨 용건이냐!"

"이 나라의 셋째 공주가 결혼한다고 들어서 말이다."

그렇게 말한 순간, 선두에 선 병사의 털이 곤두섰다. 마수 같은 살의를 훤히 드러냈다. 눈에 핏발이 서고, 배시를 향해 검을 겨누었다.

"이 자식, 잘도 뻔뻔하게!"

"절대로, 여긴 통과시키지 않겠다……!"

"우리 목숨을 걸고서라도 널 죽여주마!"

본래라면 눈에 핏발을 세우고 검을 들이대는 상대에게 배시가 취할 태도는 하나.

응전이다.

등에 맨 검을 뽑고, 모든 것을 쓰러뜨리고서 중앙 돌파. 앞으로 나아갔을 것이다.

"으음…….'

하지만 배시는 검을 뽑지 않았다.

여기서 검을 뽑는다면 자신의 목적을 달성할 수 없다는 것을 아니까.

"뭔가요?! 이상하다고요! 설마 오크만 지나갈 수 없다고 그러는 건 아니겠죠?! 그런 거 조약 어디에도 없잖아요! 오히려 휴전 협정에서는, 여행자는 어떠한 자라도 통과할 수 있다고 그런다고요?! 괜찮나요? 비스트만 협정을 지키지 않아도? 입장이 나빠지는 거 아닌가요?"

"조약 따위 알 바냐!"

젤의 설득에도 움직이지 않았다.

모두가 적의와 살의를 훤히 드러내고서 배시를 노려봤다.

당장에라도 뛰어들 기세였다.

보아하니 그들은 역전의 전사. 배시를 아는 것 같았다. 배시는 모르지만…… 아마도 그들과 이전에 전투에서 상대했을 것이다. 그리고 어쩌면 그들의 동료를 죽였을 것이다.

그들에게서는 그런 기척을 느낄 수 있었다.

지금은 평화로운 시대.

모두가 평화를 위해서 애쓰고 있다.

원한이 있는 자도, 전쟁을 원망할지언정 적이었던 종족을 원망하지는 않으려고 한다.

하지만 도저히 그렇게 생각할 수 없는 자도 있다.

하물며 부모형제의 원수가 실제로 눈앞에 나타났다면, 물러날 수 없을 때도 있다.

다만 그들도 배시를 알고 있기에 공격하지는 않고 있었다.

함부로 뛰어들었다가는 자신들이 고깃덩어리로 변한다는 것을 아니까.

"으─음…… 통과시켜 줄 수는 없나."

배시는 곤란했다.

생각해보면 이제까지 거절당하거나 수상쩍게 취급된 적은 있어도, 국경을 지나가지도 못한 적은 없었다. 통과시키지 않겠다는 의사를 드러낸 적은 있지만 이렇게까지 명백한 살의는 처음이었다.

"……."

배시에게 싸울 의사는 없다.

그렇지만 정말로 그들이, 들고 있는 검을 진심으로 휘두른다면…….

배시로서도 싸울 수밖에 없다.

긍지 높은 오크 전사에게, 싸움에서 도망친다는 선택지는 존재하지 않는다.

하물며 상대가 긍지를 가슴에 품고서 진심으로 맞선다면, 더더욱.

배시는 움직이지 않았다.

한 걸음이라도 앞으로 내디딘다면 그들은 공격을 가할 것이다.

등에 멘 검에 손을 대더라도 그들은 공격을 가할 것이다.

혹은 배시가 발길을 돌려서 다시 돌아가더라도, 그들은 좋은 기회라 판단해서 공격을 가할지도 모른다.

그리고 그 순간, 비스트 나라에서 아내를 찾으려고 하는 배시의 계획은 물거품이 된다.

배시에게 다음 계획은 없다.

아내 찾기 계획은 크게 후퇴하고, 동정은 영원히 배시와 함께할 것이다.

그의 말로는 마법 전사. 불명예의 상징을 손에 넣는 것과 동시에, 배시는 그 밖의 모든 것을 잃게 된다.

절체절명.

생각해보면 배시의 인생에서 이만한 위기는 없었을지도 모른다.

"땃따라랏따 따—따—따—♪ 따라라라~♪ 따—라라랏따다~♪ 따—라라랏따다~♪ 따라라라~ 따라라라~ 따라라라~♪"

그러던 때였다.

어디선가 콧노래가 들리기 시작했다.

게다가 콧노래에 맞추어 현악기 소리도 들렸다. 끼기와 삐비의 중간 정도의, 할버드가 내는 소리같이 불협화음이지만 확실한 악기의 소리였다.

배시의 등 뒤였다.

"……!"

배시는 솔직히 기대했다.

생각해보면 국경은 만남의 장소였다.

시와나시 숲에서는 선더 소니아와 만났고, 도반가 공에서는 프리메라와 만났다.

둘 다 프러포즈를 거절당한 상대이기는 하지만, 불평할 여지없이 아름다운 여자였다.

그러니까 이번에도 혹시, 라고.

"땃따라따다~, 따~라라~ 땃따라따다~, 따~라라~따다~♪ 헤이!"

콧노래의 주인은 그대로 배시 옆을 지나치더니, 병사들과 배시 사이에서 한 바퀴 회전.

구호와 함께 손가락을 하늘로 향했다.

배시는 실망했다.

남자였다.

"무슨 다툼이지?"

그는 손가락을 병사에게 향하고, 십년지기 오랜 친구에게 말을 걸듯이 물었다.

참으로 스스럼없었다.

"……."

곤혹이라는 감정은 종족을 넘어서 전해지는 법이다.

배시는 젤과 얼굴을 마주 본 뒤, 비스트 병사들과도 얼굴을 마주 봤다.

네가 아는 사람이냐? 아니, 모르는 사람.

텔레파시를 쓸 수 있는 것도 아닌데 서로 그런 생각을 나누고, 또다시 콧노래 녀석을 봤다.

종족은 아마도 휴먼일 것이다.

성별은 남자. 휴먼이 자주 연주하는 현악기를 들고, 여성을 본뜬 가면을 썼다.

참으로 수상쩍다.

"……여길 지나가고 싶다만, 내 말을 들어주질 않아서 말이다."

배시는 부랴부랴 그렇게 말했다. 질문에 대답하는 모양새였다.

남자는 배시 쪽으로 빙글 돌았다.

"정말이야?"

"그래."

다음은 병사들 쪽을 봤다.

"정말이야?"

"……우리는 전 중견 병단이다. 이름과 명예를 걸고 이 녀석을……『오크 히어로』를 통과시킬 수는 없다."

그는 그 말을 듣고는 양팔을 활짝 펼치고, 병사에게 호소하듯이 말했다.

"그 기분은 알겠어!"

그는 양팔을 펼친 채로 빙글빙글 회전하며 연극 같은 말투로 말했다.

"나도 전쟁에서 소중한 사람을 잃었지! 죽인 사람에게 원한이 없다면 거짓말이야!"

뚝 멈췄다.

"하지만! 평화로운 이 시대에, 그런 사고방식은 좋지 않아!"

"……."

"너희는 전쟁에서 그런 사람을 잃었을지도 모르지! 하지만, 한번 생각해봐. 우리 네 종족 동맹은, 화평을 맺었다. 어째서인가! 그것은, 격렬한 전쟁을 계속한 이들 모두가『더 이상 사랑하는 사람을 잃고 싶지 않다』라고 생각했으니까! 지금 너희에게도 사랑하는 사람은 있겠지? 집으로 돌아가면 가족이 있겠지?"

하지만, 하고 남자는 연극 같은 동작으로 현악기를 들더니 두루룽 소리를 냈다.

마치 무언가 드러내서는 안 되는 것이 노출되었을 때 같은, 너저분한 소리였다.

어떻게 하면 평범한 현악기로 이런 소리를 낼 수 있느냐고, 병사들이 의문스럽게 생각할 정도.

"여기 이분도 역전의 용사! 싸운다면 너희 중에서 하나둘, 희생

자가 나올지도 모르지. 어쩌면 전멸할 수도 있어. 아, 물론 너희를 얕보는 건 아니야. 싸움이란 항상 그런 법이니까! 그리고 혹시 너희를 하나라도 잃었을 경우, 너희가 돌아오기를 기다리는 사람이 슬퍼하겠지. 화평을 맺은 사람들의 마음이, 바람이 허사가 되어버려!"

현악기가 뚜루룽두루룽 소리를 냈다.

너무나도 불쾌한 그 소리에 귀를 막는 사람조차 나왔다.

"그것은, 평화의 사자인 내게는, 결코 간과할 수 없는 일이야! 그러니까 지금은 내 얼굴을 봐서, 그를 보내주지 않겠는가!"

남자는 그렇게 말하고는 또다시 양팔을 펼쳤다.

병사들은 얼굴을 마주봤다.

얼굴을 봐서, 그런 소리를 해도 남자의 얼굴은 가면으로 가려져 있었다.

"무슨 헛소리를…… 애당초, 네놈은 어디 사는 누구냐?"

"……이런, 그랬지. 말하는 게 늦었어."

남자는 어흠 헛기침했다.

품에서 무언가 편지 같은 것을 꺼내더니 그것을 병사에게 건넸다.

"이건 뭐……라고?!"

그것을 본 병사의 표정 변화는 극적이었다.

"너…… 아니, 당신은……!"

그때 병사의 입가에 남자가 살며시 손을 댔다.

쉬잇, 이빨 사이로 숨을 내뱉으며.

"하지만, 어째서…… 그 가면은?"

"전 세계의 평화를 지키기 위해…… 일단 지금 나는 평화의 사자라는 말이지."

남자는 그러면서 현악기를 들고, 또다시 두루룽 울렸다.

병사들은 얼굴을 찌푸렸지만, 그러나 노골적이지는 않았다.

배시와 젤의 입장에서는, 남자가 가진 편지의 내용도 남자의 정체도 알 수 없었다.

하지만 아무래도 병사들의 태도가 바뀔 정도로는 높은 인물인 것 같다고 깨달았다.

"자세한 상황은 모르겠습니다만, 거창하게 맞이하는 걸 원하시지 않는다, 그런 겁니까……."

"그런 거야."

병사는 우선 허가증을 그에게 돌려주고 떨떠름한 표정을 지었다.

"허나 지금, 이 나라는 공주 전하의 경삿날…… 『오크 히어로』를 통과시킬 수는……."

"네 걱정도 알겠어…… 하지만, 바로 그렇기 때문이지 않을까?"

"……."

"뭐, 그는 아무 짓도 안 해. 너희가 검을 들이대는데도 자신의 검을 뽑지 않았다는 게 그 증거야. 다름 아닌 오크가, 말이라고? 뭣하면 내가 보증하지. 그는 비스트에게 위해를 끼치진 않아. 절대로."

남자는 그렇게 말하더니, 그렇지? 라며 배시를 돌아봤다.

"아무 짓도 안 하는 거, 맞지?"

"그래. 문제를 일으킬 생각은 없다."

배시는 수긍했다.

처음부터 문제를 일으킬 생각 따위는 없었다. 이제까지 방문한 곳에서도 문제라고는 일으키지 않았고, 비스트의 나라에서도 잘 지낼 생각이다.

"자, 그도 그렇다고 하잖아."

"……오크의 말 따윈 신용할 수 없습니다만…… 당신이 그렇게 말씀하신다면, 저희는 따라야겠죠."

병사들은 배시가 문제를 일으킬 걱정을 하는 것이 아니었다.

그들에게는 조금 더 다른 이유가 있었다.

"하지만 무슨 일이 있다면, 저희는 전력으로 그 오크를 사냥할 겁니다."

"그렇게 되지 않기를, 나도 바라도록 할게."

남자―― 평화의 사자는 그렇게 말하더니 만족스럽게 끄덕이는 것이었다.

■　■　■

"도움을 받았군. 감사한다."

관문을 지난 참에, 배시는 평화의 사자에게 그렇게 말했다.

그가 오지 않았다면 관문에는 피가 비처럼 쏟아졌을 것이다.

당연히 입국은 그야말로 꿈. 그러기는커녕 최악의 경우, 또다시 전쟁이 벌어졌을지도 모른다.

"뭐, 됐어! 왜냐하면 나는 평화의…… 아니, 『사랑과 평화의 사자』에롤이니까!"

『사랑과 평화의 사자』에롤은 그러더니 현악기를 두루룽 울렸다.

그 소리는 오크 전사장이 자신의 오두막에서 여자를 범할 때에 들은 신음소리와 어쩐지 비슷하게 느껴졌다.

배시는 음악에 대해서 모르지만, 그것은 희망의 소리처럼 느껴졌다.

부디 자신이 장래에 그런 소리를 만들어낼 수 있으면 좋겠다고 여겨질 법한.

"게다가, 너는 와야 하니까⋯⋯."

"뭐라고?"

"아니, 아무것도 아니야! 아하하하하!"

에롤은 갑자기 웃음을 티뜨리더니 후다닥 달려갔다.

"그럼, 언젠가 또 만나자!"

"그래! 이 빚은 언젠가 갚겠다!"

"하하, 기대할게! 『오크 히어로』배시 경!"

에롤은 웃음소리를 높이며, 도시로 이어지는 길을 달려갔다.

행선지는 같은 장소. 그렇다면 또 만날 기회도 있을 것이다.

"뭔가 무척 수다스러운 녀석이었네요."

"그렇군."

에롤도 틀림없이 젤에게 그런 소리를 듣고 싶지는 않을 테지만, 배시는 동의했다.

이제까지의 여행에서는 그다지 볼 수 없었던 부류의 남자였다. 하지만 그때 배시는 문득 생각에 잠긴 표정을 내비쳤다. 기억의

깊은 곳을 뒤지는 것 같은, 오크가 거의 드러내지 않는 표정을.

"응? 당신, 뭔가 신경 쓰이는 일이라도?"

"……저 남자, 어디선가 만난 적이 있는 것 같군."

"전장에서 만났다든지 그런 게 아닐까요?"

그의 언행은, 경박한 태도에서는 생각할 수 없을 정도로 날카로웠다.

얼핏 빈틈투성이로 보이지만, 배시와 젤은 그에게 일체의 틈이 없다는 것을 꿰뚫어 봤다. 역전의 전사…… 그것도 이름 있는 인물임은 명백했다.

다만 『사랑과 평화의 사자』라는 별명도 그가 쓴 가면도, 에롤이라는 이름 역시도 기억에는 없었다.

현악기야 물론 말할 필요도 없다.

"그런 것보다, 이번에야말로 아내 찾기, 열심히 하는 거예요!"

"음! 그렇군!"

알 수 없다면 됐다.

배시와 젤은 자잘한 일을 신경 쓰지 않는 타입이다.

그보다도 우선은 비스트의 나라로, 들뜬 발걸음을 나아가는 것이었다.

ORC HERO
STORY
# 오크영웅이야기
## 촌 탁 열 전

# 2. 월간 브라이

　비스트의 나라, 붉은 숲.

　그곳은 아름다운 곳이다.

　빨간색, 노란색 잎이 무성한 나무들이 모여 있고, 다양한 동물이 생명을 기르고 있다. 머무르는 이들 모두에게 안식을 주는 것 같은, 어머니 대지가 그곳에 있다.

　또한 숲 중심부에는, 전쟁이 벌어지기 전부터 존재했다는 거목이 서 있었다.

　비스트족은 그 거목을 성수(聖樹)라 부르고, 이 숲을 성지라 부르고 있었다.

　그들에게 이 땅은 특별한 장소인 것이다.

　비스트가 성지를 빼앗긴 것은 대략 백 년 전.

　게디구즈가 데몬 왕으로 즉위하고 불과 몇 년 뒤의 일이었다.

　당시의 비스트족은 게디구즈에게 몰리고 있었다. 전쟁 중, 절멸 직전까지 이른 종족은 많고 비스트 역시 예외가 아니었다. 게디구즈는 즉위 후, 비스트를 집중적으로 노려서 멸망시키려고 했다.

　다른 종족을 막으면서 치열한 공격을 가하여, 그들의 힘을 송두리째 빼앗으려고 한 것이다.

　네 종족 동맹 중에서 하나라도 멸망시킬 수 있다면 승리라고 보았을 것이다.

비스트는 영토와 인구의 8할을 빼앗기고, 벽지인 푸른 숲으로 쫓겨났다. 엘프와 드워프의 필사적인 구원이 없었다면 비스트는 그대로 멸망했을지도 모른다.

비스트가 성지를 탈환한 것은 게디구즈가 붕어하기 수년 전.

푸른 숲에서 힘을 비축한 비스트 군단의 성과였다.

그것을 이루어낸 것은 레토 리버골드.

비스트 왕족 리버골드 가의 남자였다.

비스트족 최강의 이름을 가진 그는, 비스트의 강인한 군대를 이끌고 붉은 숲으로 쳐들어가서 이것을 탈취했다.

그 공적과 용기를 칭송하여 왕은 그에게 용사의 칭호를 하사했다.

비스트의 용사 레토.

붉은 숲 탈환은 게디구즈에게 호된 일격을 가했던 유일한 전투라고, 비스트족 사이에서 전해지고 있다.

하지만 이미 곤드라샤 산맥을 수중에 넣은 일곱 종족 연합에게 붉은 숲은 전략적인 가치가 남아 있지 않았기에, 게디구즈로서는 딱히 중요하지도 않았으니까 간단히 내놓은 것은 아니냐는 것이 다른 종족의 견해다.

그래도 실제로 중요하지 않았느냐고 한다면, 그렇지도 않다.

왜냐하면 비스트는 붉은 숲 탈환으로 완전히 전의를 되찾았으니까.

백 년 동안 꿔다놓은 보릿자루 같았던 비스트는, 자신의 영역을 지키는 호랑이로 완전히 변모했으니까.

"여기도 그리운 곳이군."

"그러네요~."

그리고 배시 역시도 그 전투에 나섰다.

아직 배시가 미숙한 어린 오크였던 무렵의, 쓰디쓴 패전이었다.

농밀한 피 냄새 가운데, 어디로 가더라도 적병이 있고, 24시간 전투가 있었다. 당시에 아직 약했던 배시가 죽지 않았던 것은, 단순히 행운에 불과했다고 할 수 있을 것이다.

생각해보면 배시의 싸움은 이 숲에서 시작되었다고 해도 과언이 아니었다.

첫 전투는 이 숲이 아니지만, 패전은 처음이었다.

"……솔직히, 난 떠올리는 것만으로 지릴 것 같아요. 비스트는 요정을 먹으니까."

"『요정 먹는 고든』 말인가?"

"그래! 그 녀석이에요! 이제는 떠올리는 것만으로 소름이 돋아요! 그 빌어먹을 미식가 자식, 날 둘둘 감은 다음에 꿀을 발라서는 고춧가루를 뿌렸다고요?! 꿀 위에 고춧가루라고요?! 그래놓고는 맛을 보겠다고 핥은 다음에, '우와, 맛없어'라면서 뒤집어졌다고요?! 기절했어요! 기절! 그야 꿀에 고춧가루가 어울릴 리가 없잖아요! 그렇죠?!"

젤은 오래 살았다.

배시가 신병이었을 무렵부터 역전의 전사였고, 수도 없이 누군가에게 붙잡혀서는 『목숨 구걸 젤』이라는 이름을 얻었다.

그리고 『요정 먹는 고든』은 비스트 전사.

그 이름 그대로, 페어리를 잡아먹는 것으로 유명한 악식가다.

젤은 그런 고든에게 붙잡힌 적이 있다.

어째서 먹히지 않았는가.

이유는 간단하다.

비스트는 무언가를 먹기 전, 독이 있는지 확인하기 위해서 그것을 혀끝으로 핥는다.

고든이 이르길, 페어리의 피부는 꿀처럼 단맛이 난다고 한다.

하지만 그날의 젤은 며칠이나 격전을 헤치고 나온 탓에 무척 심각했다.

페어리에게 있어서는 안 될 만큼 심각했다.

한 번 핥은 고든의 혀는 마비되고, 시야는 번쩍번쩍하고, 의식은 하피처럼 날아가서는 기절.

다음 날, 토사물과 설사 안에서 눈을 떴다.

고든의 음식 레포트로 페어리식이 유행하기도 했던 비스트족은 부들부들 떨었다고 한다.

그때 젤에게 붙은 별명은『설사약 젤』.

젤에게는 불명예스러운 별명이었지만, 당시의 페어리들에게는 영웅의 이름이었다.

그날을 경계로, 고든에게 먹히는 페어리가 격감했으니까.

"하지만 평화로운 시대의 붉은 숲은 좋네요. 공기도 맑고, 조용하고, 평안하고, 비쳐드는 햇살이 내 페어리 부분을 찌릿찌릿 자극해서 기분이 좋아요."

"그렇군."

두 사람은 격전지로서의 붉은 숲밖에 알지 못했다.

당시에는 이 단풍과 핏빛을 구별할 수가 없었다.

대다수 나무들은 검게 탔고, 지면은 이렇게 마른 상태가 아니라 항상 피로 미끄러웠다.

붉은 숲이라는 이름은 항상 피가 비처럼 쏟아지니까 붙었다는 생각조차 들었다.

그런 곳이 설마 이렇게나 평화로운, 신성한 기척조차 느껴지는 숲이었을 줄이야……

"음?"

두 사람이 감개에 빠져 있노라니, 문득 발밑에서 버스럭 소리가 났다.

"어라, 쓰레긴가요?"

배시가 다리를 들어봤더니, 거기에 붙어 있던 물건이 버스럭 소리를 내며 떨어졌다.

더러운 종이다발이었다.

"정말이지, 평화로워졌다고 쓰레길 버리는 건 좋지 않다고 생각하는데요! 이곳에 얼마나 많은 용사가 잠들어 있다고 생각하는 건가요! 비스트로서도, 이곳을 되찾기 위해서 싸운 영령에게 실례…… 어라?"

"왜 그러지?"

"아니, 이 잡지…… 이건!"

젤은 자신의 키 정도는 될 것 같은 잡지를 공중으로 들어 올리고는 그 기사를 읽었다.

『마음에 둔 그 사람을 내 것으로 만드는 여섯 개의 법칙!』

『평생 후회하지 않을 결혼 상대 고르는 법』

『여자한테 인기를 얻기 위한 상식 백선!』

『새삼스럽게 물어볼 수도 없는 비스트족의 연애관, 결혼관!』

『결혼을 전제로 한 연애를 목표로 하는 코디네이트(남성편)』

그렇다, 그것은 잡지였다.

"월간 브라이!"

"……그건 뭐지."

"모르나요?! 휴먼 대상인 브라이가 전후에 발행하고 있는 잡지예요!"

"잡지?"

"각국의 뉴스나 사람들의 관심사를 모은 종이다발이에요!"

"그런 게 있었나."

당연히 오크의 나라에는 그런 물건은 없다.

그림책 부류조차 존재하지 않는 것이, 오크라는 종족이다.

"게다가 이거, 연애·결혼 특집호예요!"

"무슨 말이지?"

"정말이지, 당신도 참 둔하네요! 그러니까 여기에는 대상인 브라이가 모은 연애, 결혼과 관련된 정보가 다수 실려 있다는 거예요!"

"신빙성은 높을까?"

"당연하죠! 브라이라면, 전 휴먼 정보부의 톱 엘리트라고요!"

"그 브라이인가……!"

휴먼이라는 종족은 비스트나 드워프 같은 종족에 비해 약하다.

그렇다고 엘프처럼 높은 마법 적성이 있는 것도 아니다.

그럼에도 불구하고 네 종족 동맹의 주도자라는 위치에 있다.

어째서인가.

그것은 그들이, 엘프보다도 똑똑하기 때문이었다. 지혜와 지식을 무엇보다도 중시하는 그들은 정보 수집에 뛰어났다. 휴먼의 정보 수집 능력은 굉장해서 열세를 대체 몇 번이나 뒤집었는지 알 수 없을 정도다.

『돼지 살해자』 휴스턴도 『숨통을 끊는 자』 브리즈 쿠겔도, 배시에게 훌륭한 정보를 주었다.

그렇다, 휴먼의 정보는 귀중하며 가치 있는 것이다.

그리고, 대상인 브라이.

『대상인』이라는 이름에서는 썩 와 닿지 않지만, 『지면의 마술사 브라이』의 이름이라면 누구나 아는 유명인이다.

어디선가 적군의 중요한 정보를 입수해서는 복병 장소를 책상 위의 군사 지도에 배치한다.

그 결과는, 승리.

오크인 배시로서는 썩 알 수 없는 일이지만, 데몬 장군이 '또 브라이한테 졌다'라고 한탄하던 것은 몇 번이나 들었다.

결코 전선에 나오지는 않지만, 휴먼이라는 정보 취급에 뛰어난 종족의 정점에 군림하는 남자.

그것이 브라이다.

그 남자를 앞지를 수 있는 것은, 일곱 종족 연합에서는 데몬 왕 게디구즈 말고는 없다.

하지만 바로 그 데몬 왕 게디구즈가 있는 곳으로 휴먼 왕자 나자르를 비롯한 결사대를 보낸 것 또한 브라이였다.

그런 남자가 평화로운 새 시대에 시작한 장사는, 그야말로 사람들이 원하는 정보를 제공하는 것이었다. 특히 연애나 결혼 특집호는 잘 팔렸다. 그런 시대니까.

"브라이라면, 완벽한 작전으로 우리한테서 승리를 빼앗은 남자예요."

"그러니까 그런 브라이가 쓴 이 잡지의 정보에 따른다면……."

"간단히 아내를 찾을 수 있다는 거예요!"

배시는 잡지를 낚아챘다.

금지된 술법이 적힌 마도서를 발견한 마법사처럼, 부들부들 떨리는 손으로.

"설마, 그런 것이 있었을 줄이야……."

잡지. 연애, 결혼 특집호. 새삼스럽게 물어볼 수도 없는 비스트족의 연애관, 결혼관.

그야말로 지금 자신에게 안성맞춤이다.

모르는 것을 '새삼스럽게 물어볼 수도 없는' 같은 식으로 생각하지는 않지만, 비스트족이 새삼스럽게 물어볼 녀석이 없다고 생각하는 수준의 내용이라면 가르쳐줄 사람도 없을 것이다.

그런 정보가, 지금 수중에 있다.

'이제까지, 전투가 시작하기 전에 승리를 확신한 적은 수도 없었지만…….'

배시는 많은 전투를 경험했다.

신병 무렵에는, 그 전투의 추세라는 것을 이해하지 못했다.

하지만 경험을 쌓으며 점점 어느 쪽이 우세이고 어느 쪽이 열세인지, 볼 수 있게 되었다.

물론 추세를 아는 것만으로 어느 쪽이 이긴다고 단언할 수 있을 정도는 아니지만…… 그래도 전투의 흐름이 변하는 순간을 간파할 수는 있다.

종전 직전에는, 전투가 시작하기 전의 시점에서 이미 누가 승리할지 어찌어찌 알 수 있을 때가 있었다.

지금의 감각은, 바로 그것이었다.

"어쩐지 감개무량하네요. 이런저런 일이 있었지만 당신에게 아내가 생길 날이 가까워지다니."

젤 역시도 그런 감각을 느끼고 있었다.

"그렇군."

배시는 훗, 웃었다.

오크의 나라를 나선 뒤로 휴먼, 엘프, 드워프의 나라를 돌았다.

이곳은 붉은 숲. 생각해보면 멀리도 왔구나……라고.

"그렇다고는 해도, 승리할 것 같은 때일수록 방심할 순 없다. 마음을 다잡도록 하지."

"그래요! 아무리 필승의 전술을 구사할지라도, 사용하는 사람이 방심하면 패전이 될 때는 있으니까요!"

"그렇다."

"그건 그렇고, 이 잡지는 어째서 이런 곳에 버려져 있었을까요. 게다가 휴먼의 잡지…….."

잡지를 버리는 것에 딱히 이유 따위는 없다. 다 읽은 사람이 별 생각도 없이 버린 것이다.

하지만 두 사람은 그렇게 생각하지 않았다.

이런 귀중한 물건을, 의미도 없이 버린다고 생각되지는 않았으니까.

하물며 한 시간 정도의 노동으로 손에 들어오는 금액으로 팔리고 있을 줄은, 꿈에도 생각하지 않았다.

"⋯⋯설마 조금 전의 남자가?"

"앗, 그래요! 틀림없이 그럴 거예요! 휴먼이었으니까 휴먼의 잡지를 가지고 있어도 이상하지 않아요!"

떠오른 것은 국경 근처에서 만난, 그 남자.

사랑과 평화의 사자 에롤. 무언가 불가사의한 분위기를 가진 남자였다. 아마도 그 남자가 두 사람의 이야기를 듣고, 굳이 잡지를 떨어뜨려 두었을 것이다.

왜냐하면 그는 '사랑'과 평화의 사자니까.

"다음에 만났을 때는 감사를 해야겠군."

"그래요!"

두 사람은 국경에서 도와준 것만이 아니라 이런 것까지 준비해 준 그에게 감사했다.

틀림없이 그는 곤혹스러워할 것이다. 실제로는 잡지 같은 것을 떨어뜨리지 않았으니까.

"자, 그래서 뭐라고 적혀 있지?"

"으─음, 어디어디⋯⋯? 으─음, 새삼스럽게 물어볼 수도 없는 비스트족의 연애관, 결혼관⋯⋯ 결혼을 전제로 한 연애를 목표로 하는 코디네이트…… 오오, 이건 굉장한 정보예요! 이게 있다면 비스트족의 아내를 찾는 건 갓난애 손목을 비트는 거나 마찬가지예요!"

"정말이냐!"

도시로 들어서기 전에 발견한, 병법서라고도 할 수 있을 잡지를 손에 넣어서 잔뜩 들뜬 두 사람.

그 잡지에는 그야말로 배시가 원하던 정보가 넘쳐났다.

"어디―, 우선 요즘 비스트 여자의 트렌드는……."

"흠……."

더욱 자세하게 읽는 두 사람.

그들의 표정은 진지해서, 혹시 아무것도 모르는 사람이 봤다면 군사 회의에서 절체절명의 상황을 뒤집을 작전을 생각하는 군사들의 모습을 겹쳐봤을 것이다.

잡지를 손에 넣은 배시의 미래는 밝았다.

■ ■ ■

비스트 나라, 수도 리칸트.

이곳은 수도라는 이름은 붙어 있지만 비교적 새로이 생긴 도시다.

전후, 오랫동안 사용되었던 요새를 해체하고 사람이 살 수 있을 장소로 바꾸는 것에 1년. 사람들이 이주하여 저마다 생활을 시작하고 2년. 모든 것이 아직 새롭고 깔끔하지만, 어딘가 아직 공허한 느낌을 주는 도시였다.

그런 곳이지만 비스트족은 살고 싶어 했다. 왕족에 해당하는 왕위종이 거처를 갖추고, 비스트의 귀족 계급인 상위종들이 그 뒤를 이었다.

그들을 따르는 중위종, 살 곳을 잃은 하위종도 그들을 따라갔다.

푸른 숲에 남은 비스트 상위종들은 리칸트에 살려는 이들을 극진하게 원조했다.

어째서 그들이 이곳에 집착하는가.

그것은 이곳이 그들에게 성지이기 때문이다.

그들이 믿는 리칸트교의 발상지이자 성수가 우뚝 솟은 땅.

비스트족에게 특별한 장소인 것이다.

그런 도시이기에 외부인에게는 비교적 관용을 베풀었다.

성지라는 장소이기는 하지만, 비스트족이 하나가 되어 이 도시를 부흥시켜야 한다는 열정에 불타고 있었다.

셋째 공주 이누에라의 결혼식도 그 일환이라 할 수 있을 것이다.

수도 리칸트는 전후 3년 만에 이렇게나 훌륭한 도시가 되었다. 비스트족의 성지라 부르기에 걸맞은 장소가 되었다.

그 도시를 모두에게 선보이는 것도 겸하는 식전이다. 각 종족의 왕후귀족을 초대하고, 각국의 일반 시민에게도 선전했다. 셋째 공주의 결혼식에 맞추어 머무를 곳 없는 이에게는 무상으로 숙소를, 굶주린 이에게는 무상으로 음식을, 일이 없는 이에게는 일거리를 제공했다.

여러분은 그저 축하해준다면 충분하다고.

축제다.

그렇기에 리칸트를 지키는 위병은 거리의 소란에는 민감했지만 찾아오는 이에게는 관용적이었다.

휴먼이나 엘프, 드워프는 물론이나 리자드맨이나 하피, 페어리, 끝내는 서큐버스나 데몬조차 조건 없이 도시로 들였다.

오크 말고는.

"어……."

도시 입구에 선 병사는, 길을 통해 다가오는 인파 안에서 녹색 피부와 긴 엄니를 가진 종족을 발견하고 그만 큰 소리를 터뜨릴 뻔했다.

하지만 그 이상의 말을 꺼낼 수는 없었다.

왜냐하면 그 오크가 일체의 틈이 없는 복장을 입고 있었으니까.

우선 비스트 나라의 주민이 자주 입는, 앞섬이 벌어진 옷. 재질은 천이 아니라 모피, 아마도 아오시마 늑대의 모피일 터인데, 오크의 녹색 피부에 묘하게 어울렸다.

그리고 쿠텐 나무의 껍질을 허리에 띠로 두르고, 등에 멘 검은 우로코 토끼의 모피로 감싸고, 발에는 빅 이터 플랜트의 덩굴로 짠 신발을 신었다.

그것만이 아니었다. 아주 약간이지만 꽃향기도 감돌았다. 오크 특유의 비린내는 없었다. 몸을 감고 향수를 뿌린 것이었다.

그것은 그야말로 비스트족의 정장이었다.

비스트족은 평소에는 마나 목화 같은 소재를 사용한 복장을 입지만, 중요한 식전에서는 수렵의 신에 대한 감사를 담아서 온몸을 동물로 감싸는 것이었다.

"너, 너는, 너……."

병사는 말을 잃고 말았다.

오크는 통과시키지 않겠다! 우리 전 중견 병단의 이름을 걸고!

그것은 공공연히 말로 표현하지는 않지만, 병사들 사이에서 공유되는 심정이었다.

하지만 이제까지, 이렇게까지 완벽한 복장을 입은 오크가 온 적이 있었을까?

오크가, 이렇게까지 비스트족의 문화에 맞춘 적이 있었을까?

없다. 그러기는커녕, 휴먼이나 엘프조차 굳이 비스트족의 정장을 입지는 않는다.

그것이 나쁘다는 것은 아니다.

나쁘다는 것은 아니지만, 각국의 중진이 비스트족의 문화에 맞추어준다는 것은, 비스트족에게는 기쁜 일이라는 것도 분명했다.

그런 복장을, 이 오크가 입고 있었다.

오크 나라에서 비스트의 식전에 참가하고자 먼 길을 왔다고, 한눈에 알 수 있는 복장이었다.

그것도 향수를 뿌린다는, 비스트족의 너무나도 뛰어난 후각에 대한 배려까지 했다.

"지나간다고?"

"아, 예!"

문지기 병사도 오크가 온다면 목숨을 걸고서라도 막을 생각이었다.

하지만 저렇게까지 완벽한 복장으로 온다면, 저렇게까지 배려를 보여준다면…… 아무것도 못 하고, 아무 말도 못 하고 오크를 보내줄 수밖에 없었던 것이다.

## 3. 분위기 발군! 사람이 많고, 술을 마실 수 있는 곳!

수도 리칸트는 셋째 공주의 결혼식 직전이라서 그런지 사람들로 넘쳐났다.

다양한 종족이 있지만, 특히 많은 것은 역시나 국민인 비스트다.

비스트는 다른 종족이 보기에 개성이 풍부하다고 할 수 있을 것이다.

짐승이 그대로 직립보행을 시작한 것 같은 사람부터, 휴먼에게 짐승의 귀가 달린 사람까지.

짐승으로서의 특징도 다양했다. 개에 가까운 사람, 고양이에 가까운 사람, 토끼에 가까운 사람, 사슴 같은 뿔을 가진 사람, 곰 같은 체격을 가진 사람, 또한 그런 특징들을 동시에 여럿 가진 사람……

당사자인 비스트족이 보기에는 고작해야 코가 크다든지 속눈썹이 길다든지 삐친 머리가 있다는 정도의 인식이지만, 비스트를 잘 모르는 종족이 보기에 각양각색의 그 모습은 이상하게도 비칠 것이다.

이런 특징은 전쟁 초기에는 없었다고 한다.

당시에는 모두가 완전히 짐승에 가까운 모습이었다.

하지만 전쟁이 격화되며 비스트족은 휴먼이나 엘프, 드워프 같은 종족과 어울리게 되었다.

그 결과, 비스트의 특징은 지워진 것이라고.

그런 사람들 사이를 걸어가는 커다란 그림자가 있었다.

길을 가는 사람들은 그 모습이 시야에 들어오자 눈을 부릅뜨고, 지나간 뒤에는 고개를 돌려서 다시 쳐다봤다.

"그건 그렇고 이렇게 보니, 비스트도 다양한 종류가 있네요."

"그렇군."

배시였다.

그는 잡지에 적혀 있던 복장을 그대로 입고서 거리를 걷고 있었다.

완벽한 복장을 준비했다고 배시는 생각했다.

정보를 바탕으로 작전 행동을 취하는 것은, 전시 중에 수도 없이 되풀이한 행위다.

특히 데몬 왕 게디구즈가 살아있던 무렵에는, 작전은 매우 세세한 부분까지 짜여 있었다.

작전 그대로 움직이면 승리를 거두고, 작전을 조금이라도 그르치거나 엉성하게 행동한다면 패배한다.

게디구즈 사후, 또는 레미엄 고지 결전 즈음에는 배시 본인이 지나치게 강해졌기에 작전을 세밀하게 지킬 필요는 거의 사라졌지만, 그럼에도 작전을 완벽하게 실행하는 것의 의의는 알고 있었다.

그러니까 완전히 잡지에서 이야기하는 그대로 했다.

잡지에 『지금 가장 인기 있는 복장!』이라고 적힌 것이 있어서, 붉은 숲을 돌아다니며 짐승을 사냥하려다가…… 우연히도 몬스터에게 습격을 당한 행상인과 만나서 구출. 상인은 몇 번이고 감사 인사를 하며, 잡지와 완전히 같은 복장을 배시에게 넘겨주었다. 그뿐만 아니라 사이즈가 맞지 않았던 것을, 밤을 새우며 수선까지 해주었다.

그렇기에 복장은 완벽했다.

"당신은 어떤 여자가 좋나요? 역시나 너무 짐승 느낌이 나는 건 싫나요?"

"까다롭게 가릴 생각은 없다."

배시에게 비스트족 여자의 취향은 딱히 없었다.

휴먼이나 엘프에 가까운 사람이든 개나 고양이에 가까운 외모인 사람이든, 여자라면 문제없었다. 굳이 말하자면, 드워프 같은 느낌이나 리자드맨 같은 느낌은 그다지 선호하지는 않지만.

"하지만 역시나 휴먼이나 엘프에 가까운 사람이 좋겠군."

배시는 툭 하니 그런 말을 흘렸다.

다시 떠오른 것은 클라셀에서 만난 주디스, 시와나시 숲에서 만난 선더 소니아, 도반가 공에서 만난 프리메라였다.

그녀들은 모두가 예쁘고 아름다웠다.

지금도 모두를 아내로 삼아서 한 사람당 아이를 다섯씩 만들었으면 좋겠다고 생각한다.

놓친 고기는 크게 느껴지는 법이다.

"역시 그렇군요! 그보다도, 짐승 같은 비스트는 야만스러워요! 숨결은 냄새나고, 금세 먹으려 들고! 아, 저기, 지금 봤어요?! 우리를 딱 쳐다봤어요! 침까지 흘리고!"

배시가 젤이 말하는 쪽을 쳐다봤더니, 확실히 침을 흘리는 비스트족이 있었다.

그의 시선은 젤 뒤편, 구운 고기를 파는 가게를 쳐다보고 있었지만.

"아, 내가 결혼하는 게 아니니까 상관없지만요! 자, 당신. 우선은 잡지에 적혀 있었던 것처럼, 분위기가 좋은 바로 가는 거예요!"

"그래!"

두 사람이 향하는 곳은 수도 리칸트에서 인기 넘버원인 바다.

어째서 그런 곳으로 가고 있는가. 그것은 잡지에 적혀 있던 한 문장이 원인이었다.

잡지에서 이르기를,

『【분위기 발군!】 사람이 많고, 술을 마실 수 있는 곳에서 편안하게 구애해보자! 【밤의 바 특집】』

비스트족 여자는 단둘이 있는 것보다 많은 사람이 있는 장소에서 구애받는 것을 좋아한다나.

그래서 배시는 리칸트에 들어와서는 숙소를 잡은 뒤, 곧바로 결전지로 향했다.

그렇다, 잡지에 적혀 있던, 수도 리칸트에서 인기 넘버원인 바로!

"……음?"

"어라, 이 소리는…….'

그런 두 사람의 귀에 불쾌한 소리가 들렸다.

돼지의 단말마와 소의 단말마 중간 같은 불협화음.

꿀렁꿀렁, 무언가 보고 싶지 않은 것이 굴러 나오는 것 같은 잡음.

"헤이헤이헤~이, 이예이예~이♪ 헤에와~, 아, 좋구나~♪ 다들~, 사이~조오아아~~ 이예~이♪"

그리고 너무나도 서투른 노래.

길을 가는 사람들은 모두가 귀를 막고 얼굴을 찌푸리며 그 앞을 지나갔다.

"어라, 에롤 씨잖아요!"

은인이었다.

국경에서 도와주고 배시에게 잡지를 준, 사랑과 평화의 사자 에롤이었다.

그는 길가에 앉아서 완전히 득의양양한 표정으로 자신의 노래에 빠져 있었다.

"에롤!"

배시가 말을 건네자 그는 고개를 들고 눈을 크게 떴다.

"어? 어어!"

그리고 곧바로 일어서더니 배시 앞으로 와서, 배시를 머리끝부터 발끝까지 찬찬히 바라봤다.

"배시 경 아닌가! 몰라보겠는데!"

가면을 쓰고 있어서 표정은 알 수 없지만, 그의 목소리는 놀라움과 기쁨으로 넘쳐났다.

마치 기대하지 않았던 상대가 자신의 기대 이상으로 잘 해주었다는, 그런 목소리였다.

"이것 참, 어쩐지 늦는가 싶었더니 그 옷을 구하고 있었구나! 역시 오크의 영웅! 오크라고는 여겨지지 않을 정도로 배려심도 깊어! 이것 참, 예상하던 것 이상이야!"

"네 덕분이다. 도움을 받았군."

"국경에서 일 말이야? 뭐, 그 정도는 당연하지! 자, 가자! 안내해줄게."

에롤은 그러더니 기쁜 듯 배시의 손을 붙잡고 잡아당겼다.

"기다려라, 어디로 갈 생각이냐?"

"어디라니……."

"나는, 지금부터 갈 곳이 있다."

"갈 곳……?"

"그래, 사람이 많고, 술을 마실 수 있는 장소다."

배시가 그렇게 말하자 에롤은 한순간 어리둥절했지만, 이윽고 납득이 간다는 듯 웃었다.

"하하하. 재미있는 표현이네. 하지만 괜찮아, 행선지는 같아!"

"음?"

"너도, 그것 때문에 왔잖아?"

어째서 이 남자가 배시의 행선지를 알고 있는가…… 그 의문에 대답한 것은 배시의 귓가로 날아온 젤이었다.

("당신, 잘 생각해보면, 그 잡지를 우리한테 준 건 이분이니까, 행선지 정도는 당연히 예상할 수 있겠죠.")

("흠, 그도 그런가.")

("오히려 잡지에 적혀 있던 바보다 좋은 곳으로 데려다줄 가능성도 있어요.")

("그렇군!")

젤의 말에 납득하고, 배시는 에롤을 돌아봤다.

"그래. 안내를 부탁할 수 있을까."

"맡겨주시길."

배시는 에롤의 안내에 따라, 수도 리칸트의 중심부를 향해 이동하는 것이었다.

■ ■ ■

에롤이 배시를 데려간 곳은, 수도 리칸트의 중심부에 있는 거대한 궁전의 안뜰이었다.

배시가 이제까지 본 적도 없을 만큼 휘황찬란한 공간이었다.

궁전 안뜰에 만들어진 정원에 놓인 커다란 테이블에는 산처럼 많은 요리가 준비되어 있고, 그곳에 있는 사람들 역시도 화사한 천으로 만든 의상에 금은보화 장식품을 달고 있었다.

보고 있는 것만으로도 눈이 따끔따끔할 정도였다.

에롤은 배시를 이곳으로 데려오더니 "그럼 나는 인사를 돌고 올게. 너는 느긋이 쉬고 있어. 요리라도 먹으면서 말이야"라더니, 어딘가를 향해 종종걸음으로 떠나버렸다.

배시와 젤은 외로이 남겨졌다.

"어떻게 할래요? 여기, 노리던 장소가 아니라고요?"

"……하지만, 조건은 갖추어져 있군."

그곳은 잡지에 적혀 있던 장소가 아니었다. 바조차 아니었다.

하지만 사람은 많았고, 아무래도 술도 마음껏 마실 수 있는 모양이었다.

"그렇다면 할 일은 하나다."

전장도 그랬다.

이동 중, 사전에 들은 전장과는 다른 장소로 이끌려간 적도 많이 있었다.

들은 전황과 다른 상황에 내던져진 적도 많았다.

배시는 그런 모든 전장에서 살아남았다.

그렇기에 배시는 생각한 것이었다. 예상과 다르더라도 목적이 같다면 해야 할 일도 같다고.

"잡지에는, 바에 와서 뭘 하라고 적혀 있었지?"

"멋진 바에서 붉은 과실주 잔을 기울이며 여성의 유혹을 기다린다…… 그것이 잡지에 적혀 있던 필승법이에요."

"그렇군."

배시는 주위를 두리번두리번 둘러보고는, 테이블 한편에 그 술이 있는 것을 확인하고 그것을 손에 들었다.

작은 유리잔에 든 과실주.

마신 티도 나지 않을 양이었지만, 이번 목적은 취하는 것이 아니다.

배시는 그것을 손에 들고는 그야말로 잔을 기울이며 차분하게 연회장 구석에 자리 잡았다.

자세가 딱 잡힌 배시의 손에 들리자, 기울인 잔은 처음부터 그런 물리법칙으로 존재하는 것처럼 미동도 하지 않았다.

물론 그것을 입에 머금지는 않았다.

잡지에는 술을 마시라고 적혀 있지는 않았으니까.

"그건 그렇고 굉장하네요! 나도 휴먼의 파티에는 몇 번인가 잠입한 적이 있지만, 이렇게까지 호화로운 건 처음 봐요! 비스트는 돈이 없다는 소문을 들었는데, 이런 곳에서는 제대로 쓰는군요. 어라? 혹시 이런 걸 하니까 돈이 없는 걸까요?"

"그럴지도 모르지."

"뭐, 돈 같은 건 아무래도 상관없겠죠! 자, 교묘하게 여자를 구슬리는 거예요!"

배시와 젤은 그렇게 말하며 주변의 사람들을 둘러봤다.

종족은 각양각색이지만 특히 비스트와 엘프가 많았다. 다음으로 휴먼일까. 드워프는 그다지 많지는 않았다.

모두가 배시를 흘끗흘끗 보고는 수상쩍다는 표정을 지었다.

어라, 오크가 여기 있어도 되는 거야? 그러는 것 같은 표정이었다.

"으─응, 이렇게 보니 여긴 무척 신분이 높은 사람이 많은 것 같네요."

"그런가."

"옷이 반짝반짝하니까요."

보아하니 비스트족 남성은 배시와 비슷한 옷을 입은 사람도 많았다.

하지만 비스트 여자나 엘프, 휴먼 같은 이들은 면과 비단을 사용한 옷 위에 덕지덕지 장식을 단 사람이 많았다.

물론 배시는 옷을 구별하지는 못했다.

다만 이곳이 파티장이고, 남녀가 생글생글 환담을 나누고 있다는 것은 보면 알 수 있었다. 호색한 미소를 짓고서 여성을 둘러싼 남성진. 여성 또한 만족스러운 미소로 그들에게 응대했다. 그런 여성들의 복장은 가슴께와 허벅지가 크게 노출되어 있었다.

남성, 특히 휴먼의 시선은 가슴께에 못 박히고, 배시의 시선 역시도 자연스럽게 가슴께로 빨려들며 콧김도 거칠어졌다.

"이만큼 많으니 시선이 쏠려버리는군."

비스트 여자는 누구든 매력적으로 보였다.

그렇게 보이는 것은 가슴께가 크게 트인 옷을 입고 있는 탓이리라.

맨살이 보이는 탓에 아무래도 매력을 느끼고 마는 것이었다.

"안 돼요, 당신. 이번에는 기다려야 하니까. 신병도 아니고, 대기 명령을 무시하고서 돌진했다가는 『오크 히어로』의 이름이 울 거예요!"

"알고 있다."

이번에는 자신이 말을 건네러 가지는 않는다.

잡지에는 그저 기다리라고 적혀 있었다. 그러니까 기다리는 것이다.

참고로 배시는 영 이해하지 못하고 있지만, 그것에는 이유가 있었다.

비스트는 여성 상위의 나라. 왕은 여성이고, 요직에도 여성이 앉는 경우가 많다. 과거부터 무리의 리더는 암컷이라는 것이 그들의 역사이자 문화인 것이다. 일처다부의 제도도 있다.

그런 비스트족의 연애는 휴먼과 크게 다르다.

도드라지는 것은 여성에 대한 남성 측의 어프로치다.

그들은 자신의 강함을 과시하기 위해 도시 밖에서 사냥을 하고, 그곳에서 얻은 사냥감의 소재를 입고서 여성이 말을 건네기를 기다리는 것이다.

전쟁 중에는 쓰러뜨린 오크의 엄니나 데몬의 뿔을 달고 있는 자도 많았다.

보다 더 강한 남성을 보다 더 많이 남편으로 삼은 여성은, 무리의 리더로서 격이 올라간다고 한다.

"좀처럼 말을 걸지를 않네요."

"젤이야말로 좀 차분히 있도록 해라. 잠복이라는 건 시간이 걸리는 법이다."

"아니―, 나는 페어리 오브 더 페어리니까요. 가만히 있는 건 힘들거든요. 가만히 있으면 내 안에 깃든 페어리의 부분이 속삭여요. 등에 있는 날개는 대체 뭘 위해서 있느냐, 지금이야말로 날개를 퍼덕여 하늘 높이 날아가라고. 아, 또 들을래요? 센토르 협곡에서 나의―."

젤이 아직 배시가 전장에 없었을 무렵의 무용담을 이야기하려던, 그때였다.

"꺄아아아아아아아아아아아!"

비명이 터졌다.

"무무, 무슨 일인가요?!"

젤이 소리 높이며 두리번두리번 주위를 둘러봤다.

그랬더니 주위의 시선은 그야말로 젤에게 집중되어 있었다.

그도 당연하다. 젤은 페어리계의 슈퍼스타. 무용담을 이야기하면 누구라도 새된 목소리를 높일 것이다.

"오크야!"

아니었다.

비단옷을 입고 호랑이 모피를 산적처럼 걸친 비스트 여자 하나가 배시를 가리키고 있었다.

모두가 배시를 주목했다.

배시는 오크계의 슈퍼스타니까 당연한 일이지만…….

"어째서 오크가 여기에?!"

"이봐, 오크가 여자를 덮치고 있어!"

"위병! 위병은 어디 있느냐!"

"끌어내! 아니, 흠씬 두들겨 패!"

여자의 비명을 시작으로, 한순간에 연회장이 소란스러워졌다.

배시한테서 떨어지려는 자, 위병을 부르려는 자, 팔을 걷어붙이며 배시에게 다가오는 자.

저마다 다른 태도였지만, 역시나 배시도 자신이 환영받지 못한다는 사실은 이해할 수 있었다.

"기다려줘요! 이분은 그냥 오크가 아니에요! 앞선 전쟁에서 압도적인 전공을 세운, 오크족의 중진, 오크 중 유일하게 『히어로』의 이름을 받은 지상 최강의 오크이고, 애당초 여긴 다른 사람의 안내로 왔다고요?! 가면을 쓴, 그게, 무슨 롤이라고…….."

젤은 변명하려고 했지만 아무도 들어주지 않았다.

점점 배시는 포위당하고 있었다. 안타깝게도 배시를 포위한 것은 전원이 남자였다.

"소란스럽군요! 대체 무슨 소동인가요?"

그런 가운데, 연회장 안쪽에서 목소리가 들렸다.

배시가 그쪽을 봤더니, 절로 군침을 삼키게 만들 법한 미녀가 셋 있었다.

각자 짐승 정도는 다르지만 모두가 풍만한 가슴과 포동포동한 허벅지를 가졌고, 그리고 이 자리에 있는 누구보다도 화려한 옷을 입고 있었다. 그녀들은 배시를 보고는 움직임을 뚝 멈췄다.

"아, 공주님……."

"어째선지 오크가 이 연회장에 있어서."

"안심하시길, 지금 바로 쫓아낼 터이니."

공주님. 그 말을 듣고 배시의 기억에 있는 단어가 떠올랐다.

비스트의 여섯 공주. 비스트 여왕이 낳은, 여섯 명의 아름다운 공주들. 모두 절세의 미녀이자, 강하고 현명하다는 소문의…….

"……아름답군."

실제로 눈앞에 있는 세 사람 역시도, 배시의 상상을 넘어설 정도의 미녀였다.

검은 고양이 같은 털과 금색 눈동자를 가진, 늘씬한 체형의 공주.

폭신폭신한 털과 검은 눈동자를 가진, 풍만한 체형의 공주.

살짝 억센 털과 파란 눈동자를 가진, 사냥개와 같이 탄탄한 체격의 공주.

각양각색. 자매인 것치고는 짐승 정도도 다르지만, 그러나 누구라도 미인이라고 인정할, 소문과 다름없이 아름다운 공주님.

다만 세 사람은 그런 말 따위는 듣지 않았다.

배시를 보고, 눈을 부릅뜨고 있었다.

셋 다 조금 전까지 짓고 있던 미소가 사라지고 동공이 날카롭게 오므라들었다.

"너는……."

셋 중 한 사람이 그 이름을 중얼거린 순간, 소란스럽던 이들이 뚝 멈췄다.

멈춘 것은 모두가 비스트족이었다.

엘프나 휴먼은 혼란과 곤혹의 감정은 있지만 그들처럼 요란스럽지는 않았다.

그리고 혼란이 가라앉은 비스트족의 눈동자에는 다른 감정이 소용돌이치고 있었다.

모두가 번쩍이는 시선을 배시에게 향했다.

증오의 시선이었다.

"그 모습을 모르는 자는 많지만, 그 이름을 모르는 자는 이 자리에 없겠지."

공주들이 배시 앞으로 나섰다.

그와 동시에 그녀들의 호위로 여겨지는 강인한 남자들도, 그녀들을 지키듯 앞으로 나왔다.

그들의 얼굴에도 역시나 증오의 표정이 들러붙어 있었다.

동시에 싸움을 걸어서는 안 되는 상대에게 싸움을 걸었음을 깨닫고, 죽음에 대한 공포도 느끼는 모양이었지만.

"『오크 히어로』 배시! 비스트의 용사 레토를, 우리의 숙부님을 죽인 자!"

◆ ◆ ◆

용사 레토.

그는 레미엄 고지에서 데몬 왕 게디구즈와 싸우고 명예롭게 전사한 영웅이다.

그런 것으로 되어 있지만 진실은 조금 다르다.

확실히 용사 레토는 데몬 왕 게디구즈와 싸웠다.

휴먼 왕자 나자르. 엘프 대마도사 선더 소니아.

비스트 용사 레토. 드워프 전귀 도라도라도반가.

그 외에도 십여 명과 함께 적진 깊이 잠입하여 데몬 왕과 싸우고, 그를 쓰러뜨렸다.

희생은 컸다. 결사대는 전귀 도라도라도반가를 포함해서 거의 모두가 전사했다.

하지만 게디구즈가 죽은 뒤, 레토는 죽지 않았다.

전신에 부상을 입고서도 살아있었다. 보기에 따라서는, 마력을 모두 사용하고 기절한 선더 소니아보다도 괜찮았다고 할 수 있을 것이다.

하지만, 그곳에 나타난 것이다.

한 오크가.

당시 전장에서 소문으로 돌던, 녹색 악마가.

후에 『오크 히어로』라고 불리는 바로 그—— 배시가.

나자르와 레토는 싸우려고 했다.

하지만 상대는 다름 아닌 배시. 제아무리 비스트 용사와 휴먼 왕자라고 해도 만신창이 상태로 이길 수 있을 리도 없어서, 순식간에 박살이 났다.

혹시 선더 소니아가 깨어 있었다면, 도라도라도반가가 살아있었다면 이야기는 달랐을지도 모른다. 하지만 나자르는 부상을 입었고 레토의 체력도 한계였다.

하물며 그곳은 적진 한복판. 오랜 시간에 걸쳐서 싸우다가는 또 다른 적이 튀어나오는 경우도 예상할 수 있었다.

그래서 용사 레토는 말했다.

『여긴 내게 맡기고, 먼저 가라.』

나자르는 그 말에 따랐다.

누군가가, 돌아갈 필요가 있었다.

누군가가 모두에게 게디구즈를 쓰러뜨렸다는 사실을 전하지 않는다면, 그의 죽음은 은폐당하고 네 종족 동맹의 맹자들이 전사했다는 정보만이 흘러나갈 가능성이 있었다.

그렇게 된다면 네 종족 동맹의 전의는 땅에 떨어지고 전황은 악화. 순식간에 밀리고 말 것이다. 게디구즈의 죽음이 판명되었을 때에는 이미 늦어서, 네 종족은 모두 멸망했을 것이다.

그것은 피해야만 했다.

나자르는 선더 소니아를 업고 적진을 돌파하여 보고에 성공했다.

그 결과, 네 종족 동맹은 레미엄 고지 결전에서 승리했다.

그리고 훗날…… 전쟁터에서 레토의 시신이 발견되었다.

무기가 부러지고 몸통이 둘로 나뉜, 무참한 시신이.

용사 레토.

레토 리버골드. 비스트 왕족 리버골드가 여왕의 아우.

왕족 모두에게 사랑받고 존경받았던 남자…….

그 이름을 대륙 전체에 떨쳤을 터인데도, 수급조차 거두지 못했다.

비스트족에게 패배는 수치가 아니다.

이름 있는 맹자라는 존재는, 그를 무찌른 자의 영예가 된다. 수렵의 신을 믿는 그들은 쓰러뜨린 사냥감을 양식으로 삼는다. 또한, 사냥감에게 쓰러져서 식량이 되는 것도 기꺼이 감수한다.

비스트가 인간을 먹지 않게 된 이후로 수천 년이나 지났지만, 그럼에도 전장에서 쓰러지고 상대에게 효수되어 무훈으로 여겨지는 것은 그들에게 전혀 부끄러운 일이 아니었다.

오히려 적에게 쓰러졌다고 자랑할 수 있는 것은 비스트에게 명예라고도 할 수 있으리라.

하지만 레토는 버려졌다.

적의 전공 취급조차 받지 못했던 것이다. 상대는 그를 마치 병졸처럼 업신여긴 것이다.

영웅이, 쓰러뜨린 자에게 명예가 주어졌을 터인 존재가, 어디에나 있는 쓰레기처럼 썩어버린 것이다.

그렇기에 비스트 왕족은 배시를 증오했다.

레토의 죽음을 가볍게 만든 배시를, 진심으로 미워했다.

그날부터 배시는 비스트 왕가의 적이 된 것이었다.

누구라도 아는 일이었다. 비스트족이라면 누구라도.

그리고 레미엄 고지에서 살아남은 전사 역시도.

◆ ◆ ◆

그런 원수가 나타났는데 이 상황이 수습될 리도 없었다.

공주들은 그야말로 격노하여 배시에게 엄청난 분노를 던졌다.

"『오크 히어로』! 네가 어째서 이곳에 있지?!"

"……셋째 공주가 결혼한다고 들어서 말이다."

"그래서 뻔뻔스럽게 이 자리에서 나타나서는 내 동생을, 이누에라를 덮치겠다는 거냐! 우리의 원수가!"

"그럴 생각은 없다만……."

"멍청한 녀석! 우리가 네 폭거를 용납할 거라 생각했느냐! 네 시체의 가죽을 벗겨서 우리 비스트족의 원통함을 풀겠다!"

공주는 그렇게 말하더니 품에서 검을 뽑았다.

"그래! 이런 곳에 모습을 드러낸 것으로 네 운은 끝이다!"

"대적할 수 없다는 걸 알지라도, 우리가 원수를 치지 않는다면 누가 치겠느냐!"

남은 둘 역시도 뒤따랐다.

배시는 순식간에 세 미녀에게 포위당했다. 그다지 기쁘지 않은 포위였다.

그런 네 사람 사이로 페어리 하나가 날아다녔다.

"자, 잠깐만 기다려요! 확실히 당신이 레토를 죽였을지도 모르겠지만, 그 전장은 혼란스러웠으니까 어쩔 수 없잖아요! 그 전장

에서 그런 일은 수도 없었어요. 다들 알고 있잖아요?! 나도 어느
샌가 기절해서, 깨어났을 때는 여기가 저세상인가 싶었을 정도였
다고요. 실제로 우리 전우도 몇 명이나 죽었고……."

"그런 건 관계없어!"

말리는 사람은 없었다.

공주들은 당장에라도 배시를 덮치고자 자세를 낮추며 검을 들
고 있었다.

"싸울 생각은 없다만……."

이야기의 흐름은 잘 모르겠고, 눈앞의 아름다운 여자들과 목숨
을 걸고 싸울 생각은 없었다.

하지만 비스트가 명예와 긍지를 걸고 진심으로 싸우겠다면, 오
크의 명예와 긍지를 걸고 싸워서 승리해야만 한다.

배시는 등 뒤의 검에 손을 댔다.

"다, 당신?! 할 건가요?! 비스트 공주를 죽이기라도 했다가는
또다시 전쟁이 벌어진다고요?!"

"알고는 있다만, 내가 용사 레토를 죽인 건 사실이다."

"하지만……."

일촉즉발.

그 자리에 있던 몇몇 사람들은 그 흐름을 보고 긴장해서는 굳
어 있었다.

전쟁은 끝난 것이다. 모두가 전쟁 중의 원한을 잊고, 미래를 보
며 살아가려 하고 있다. 비스트 공주와 엘프 군인의 결혼도 그 일
환이었을 터.

그런데도 왜 이런 곳에서 오크의 영웅와 비스트 공주가 싸움을 시작하려 하는가.

만에 하나, 누군가가 죽어버린다면 또다시 전쟁으로 돌아가지는 않을까.

오크의 영웅은 그다지 내키지 않는 모양이었다.

자세히 보면 공주의 호위들이나 오크의 영웅을 둘러싼 비스트들에게는, 살짝 곤혹스럽다는 심경이 있었다. 식은땀을 흘리고, 정말로 싸우느냐고 그러듯이 시선을 두리번두리번 움직였다.

공주들만큼은 진심이었다.

살기를 감추려고 하지도 않고, 당장에라도 배시를 베려 하고 있었다.

"……윽!"

공주들의 다리에 힘이 실리고 지면을 박차려던, 그다음 순간.

"어머나 여러분, 무슨 일이 벌어지고 있는 건가요?"

방울이 구르는 것 같은 목소리가 주위에 울려 퍼졌다.

"……오늘은 경사스러운 날. 이누에라 언니가 결혼하시는 걸 축하하는 날인데, 왜 이런 험악한 분위기가 된 건가요?"

배시는 그것을 보고, 숨을 삼켰다.

'이 어찌나…… 가련한…….'

그것은 또한 아름다운 소녀였다.

체구는 조금 작지만 풍만한 가슴. 남자라면 누구라도 달려들고 싶어질 허리.

얼굴은 휴먼, 아니 엘프에 가까울까.

갸름한 얼굴에는 째진 눈과 작은 입이 올려져 있고, 여우와 닮은 귀가 있었다.

행동거지에서는 마치 시냇물 같은 청초함이 느껴졌다.

"실비아나…… 와 있거든요. 그 기쁜 날에, 기쁘지 않은 녀석이…….."

"그래."

"레토 님을 죽인 그 남자가."

"어? 그렇다면 이분이 『오크 히어로』 배시 님인가요……?"

실비아나.

그렇게 불린 소녀는 입가를 가리고 곤혹스럽다는 듯 배시를 봤다.

그러고는 눈썹을 여덟 팔자로 늘어뜨리고 슬픈 듯 말했다.

"하지만, 언니. 이미 전쟁은 끝났어요. 확실히 우리는 오크에게, 레토 숙부님에게 치욕을 준 자들에게 증오를 품고서 살았죠. 하지만 저희는 이렇듯이 성지를 부흥시키고, 이누에라 언니는 결혼을 하세요. 평화로운 시대라는 거예요."

"설마 너한테서 그런 말이 나올 줄이야……."

"배시 님도 여기까지 먼 길을 오셔서 이누에라 언니의 결혼과 비스트의 영광을 축하해주시는 거니까, 우리도 관대한 마음으로 그를 용서해야 하지 않을까요."

"어째서 그렇게 말할 수 있는 거죠?"

"복장을 보면."

그 말에 사람들은 배시의 옷을 봤다.

확실히 그는 오크로서는 말도 안 되는 복장을 입고 있었다.

비스트족의 정장을 입고, 술이 가득 담긴 유리잔을 기울이고서 기다리고 있었다.

유리잔의 내용물은 가득해서, 아마도 아직 한 방울도 마시지 않았음을 알 수 있었다.

오크는 술을 마시면 난폭하게 구는 자도 많으니까, 자제하고 있는 것이었다.

누가 보더라도 알 수 있었다.

그는 어디까지나 비스트 셋째 공주의 결혼을 축하하러 온 것에 불과하다고.

"아니면 우리 비스트 왕족은 그것조차 허락하지 못할 정도로 마음이 좁은 걸까요?"

공주들은 실비아나의 말에 살짝 어리둥절한 모양이었다.

실비아나는 그 모습을 보고 쿡쿡 웃더니,

"게다가."

눈매를 가늘게 뜨고, 배시 쪽을 봤다.

이야기의 흐름을 좀처럼 알 수가 없어서 곤혹스러워 하는 배시에게, 스르륵 다가갔다.

"레토 숙부님을 죽인 오크라고 들어서 좀 더 추악한 분을 상상하고 있었는데, 남자답고 성실해 보이는 분이시지 않나요."

그리고 배시의 억센 팔에 손을 딱 얹고, 살며시 달라붙으며 말했다.

"저, 한눈에 반해버렸어요."

배시에게 봄이 왔다.

ORC HERO
STORY
# 오크영웅이야기
## 촌 탁 열 전

# 4. 수도 디칸트 인기 넘버원 바

연회장의 소란 이후로 몇 시간이 지났다.

『──여긴 제 사랑을 봐서, 이분을 그냥 보내주세요.』

실비아나라고 불린 공주의 말로 그 상황은 수습되었다.

그렇지만 배시가 비스트 왕족에게 원망의 대상이라는 것은 틀림없어서, 연회장에서는 물러나게 되었다.

헤어질 때에 알게 된 사실인데, 그곳은 왕궁 리카온.

셋째 공주 이누에라의 결혼식 피로연 같은 일이 진행되는 장소였다고 한다.

각국의 귀족이나 왕족이 모여서 매일같이 잔치가 진행되는 것이었다.

에롤이 왜 그곳으로 배시를 데려갔는지, 애당초 어째서 그런 곳을 얼굴만으로 들어갈 수 있었는지.

그것을 의문스럽게 생각하는 사람은 없었다.

왜냐하면 에롤이 두 사람을 데려갔다는 사실을 아는 것은 배시와 젤, 두 사람뿐이니까.

오크와 페어리는 자잘한 일을 신경 쓰는 타입이 아닌 것이다.

오히려 배시는 감사와 동시에 감동을 느끼고 있었다.

잡지에 적혀 있던 그대로의 복장으로 잡지에 적혀 있던 그대로의 장소에 갔더니, 잡지에 적혀 있던 그대로 극상의 여자가 낚였다.

비스트 나라의 다섯째 공주 실비아나 리버골드.

휴먼에 가까운 외모인 절세의 미녀가 다름 아닌 배시에게 한눈에 반했다고 하더니, 풍만한 그 가슴을 배시의 팔에 꾹꾹 들이대는 것이었다.

그녀는 연회장 출구까지 배시를 배웅하고는, 배시의 귓가에 입을 대고 듣는 것만으로도 녹아내릴 듯한 목소리로,

『또, 만나요.』

그러면서 배시의 뺨에 키스를 했다.

노골적인 그 행위는, 배시가 기대를 가지도록 만들기에 충분했다.

극상의 이 비스트 여자는, 자신과 연애 관계가 되고 싶은 것이라고.

덕분에 배시의 아들은 간신히 태어날 수 있느냐며 무거운 몸을 들고 말았다.

이미 저 극상의 비스트 여자를 아내로 삼는 날은 카운트다운을 개시했다고 하더라도 과언이 아닐 것이다.

이제까지 이만큼 아내 찾기가 순조로웠던 적이 있었을까.

아니, 없다.

휴먼 때도 엘프 때도 드워프 때도, 이렇게까지 순조롭지는 않았다.

모든 것은 잡지를 제공해주고 그 장소로 데려다준 에롤 덕분이다.

가볍게 문제가 벌어질 뻔했지만, 결과를 보면 자잘한 일이었다고 할 수 있을 것이다.

"에롤. 녀석에게는 감사해야겠지."

"그러네요. 설마 그 비스트 공주님이랑 그런 사이가 될 수 있을

줄이야…….”

현재 배시는 원래 갈 예정이었던 바에 있었다.

그곳에서 술을 마시며 오늘의 성공을 축하하고 있었다.

“아무리 감사해도 모자라겠지. 휴먼은 정보 수집에 뛰어나고 작전 입안 능력이 우수하다고는 들었지만, 그런 수준일 줄은 몰랐다.”

“나, 휴먼이라는 종족을 조금 오해하고 있었을지도 모르겠네요. 교활한 종족이라고는 생각했지만, 그렇게까지 남을 위해서 행동할 수 있는 녀석도 있었군요…….”

두 사람은 입을 모아 에롤을 칭송했다.

두 사람 안에서 에롤은 신격화되어, 이미 신앙의 대상으로 승화하려는 참이었다.

그리고 그런 바에는, 배시와 비슷한 느낌의 비스트족 남자가 몇몇 있었다.

모두 붉은 과실주를 마시고 있었다.

마치 그것이 유혹 오케이의 증거라고 그러는 것처럼.

실제로 몇몇 비스트 남자 옆에는 비스트 여자가 앉아서는 대화를 나누고 있었다.

배시가 오기 전부터 그랬을 사람도 있고, 배시가 온 뒤에 홀로 마시는 남자 곁으로 다가간 여자도 있었다.

잡지에 적혀 있던 그대로의 광경이었다.

하지만 배시는 걸 헌팅을 할 생각은 없었다.

조금 전에 최고의 비스트 여자를 얻었기 때문이다. 비스트는 일처다부제이니까, 남자 측이 많은 여성에게 말을 거는 것은 좋지 않은 일로 여겨진다.

엘프와 마찬가지로, 한 사람으로 좁히는 것이 최선이리라는 것이다.

오크의 긍지를 생각하면 한 여성의 남편 중 하나라는 위치에 놓이는 것은 아무래도 좀 그렇지만, 배시는 아직 그런 것까지 생각하지 않았다.

"또 만나자고 그랬는데, 언제일까요."

"조만간이겠지."

오크는 거짓말을 하지 않고 임시방편도 쓰지 않는다.

물론 빈말이라는 것도 모른다.

그래서 또 만나자는 말을 액면 그대로 받아들이고 있었다.

"그렇지만 방심할 순 없어요. 잡지에 적혀 있었던 것처럼, 진중하게 진행해야만 한다고요!"

"알고 있다. 여관으로 돌아가면 잡지를 다시 한번 읽자고."

"알겠어요!"

잡지에는 실제로 누군가와 사귀게 되었을 경우도 적혀 있었다.

비스트족의 필승 인기 테크닉이라고 칭해진 그것은, 꼼꼼하게 교미까지의 과정이 적혀 있었다.

배시는 그 흐름을 따를 생각이었다.

그 잡지에 적힌 것 중에 틀린 내용이 있을 리가 없으니까.

배시는 과실주를 기울였다.

술을 잔 안에서 돌리고, 냄새를 맡고, 홀짝홀짝 핥듯이 마신다.

호쾌한 오크의 음주법과는 다르지만, 잡지에 적혀 있던 필승 테크닉이니까 연습하는 것이었다.

그리고 한동안 시간이 흘렀다.

평온한 시간이었다. 배시에게 말을 건네려는 사람도 없고, 배시가 말을 건네지도 않았다. 젤과 둘이서 예전 이야기를 나누며 느긋이 술을 마셨다.

어쩌면 비스트 전사 중에는 배시와 젤의 대화를 듣고, 모쪼록 가까이 다가가고 싶다는 사람도 있었을지도 모른다. 하지만 이곳은 만남이 목적인 바. 남자가 남자에게 말을 건넬 장소가 아니었기에 자중하는 모양이었다.


"어머?"


배시 뒤에서 그런 목소리가 들린 것은 젤이 석 잔째 과실주를 비우고, 안주인 땅콩과 애인인 아몬드를 걸고서 결투를 시작하려던 그때였다.

"······?"

배시가 돌아본 그곳에는 미녀가 있었다.

아니, 미녀라고 단정해도 될까······. 그녀는 촌스럽고 헐렁헐렁한 진갈색 로브를 걸치고, 깊이 눌러쓴 후드와 마스크로 얼굴을 가리고 있었다.

살짝 노출된 곳은 눈가뿐.

보는 사람 모두를 매료시키는 다정한 눈동자와 모양새 좋고 얇

은 눈썹과 비칠 듯이 하얀 살결뿐.

입가는 마스크로 가리고, 머리카락은 후드 안으로 밀어 넣었다.

로브를 쓴 모습에서도 가슴이나 엉덩이가 여성스러운 곡선을 그리고 있음을 알 수 있었지만, 허나 그것뿐.

하지만 그 자리에 있는 모두가 확신했다.

유혹을 기다리는 남자만이 아니라 바로 옆에 여자가 앉아 있는 남자조차도, 그녀를 보고서 이렇게 생각했다.

절세의 미녀가 왔다고.

바에 전체적으로 뒤숭숭한 분위기가 감돌기 시작하고, 남자들은 헤어스타일을 가다듬거나 자세를 바로 하거나, 자신이 가장 괜찮게 보이는 각도가 되도록 앉은 모양새를 조정했다.

일어서서 말을 건네러 갈지 망설이는 사람조차 나오기 시작하는 상황이었다.

"이 나라에 오크라니, 별일이네……."

여성의 목소리였다. 아름다운 목소리였다.

실비아나의 녹아내릴 것 같은 목소리와는 또 다른, 색기가 느껴지는 목소리.

하지만 실비아나와 마찬가지로 배시의 가슴을 두근거리게 만드는, 그런 마력이 담긴 목소리였다.

그리고 그런 목소리는 다름 아닌 배시를 향한 것이었다.

"당신, 어디선가…… 응?! 아니, 설마 당신은……."

그런 목소리의 주인은 배시를 빤히 보더니, 살짝 놀란 것 같은 말투와 함께 배시 옆으로 이동했다.

"저기, 혹시 『오크 히어로』 배시 님 아니신가요?"

"……음. 그렇다."

배시는 그 목소리를 들은 순간, 그녀를 떠올리고 있었다.

"저예요!"

"……그래."

"기억, 안 나시나요……?"

그런 미녀의 얼굴이 어두워졌다.

슬프다, 하지만 어쩔 수 없다, 이분의 입장에서 자신은 그저 쓰레기니까…… 그런 얼굴이었다.

"기억하고 있다. 『헐떡이는 목소리 캐럿』."

"아아! 기뻐라! 기억하고 계시는군요!"

미녀── 캐럿은 꽃처럼 미소 지었다.

참으로 기쁜 듯. 정말로 기쁜 듯. 뽑아 든 칼날 같은 눈동자를, 상상도 할 수 없을 만큼 가늘게 만들고서.

남성이 본다면, 아아 이 여자는 날 좋아하는구나, 틀림없이 그렇게 착각할 정도의 미소로.

하지만 배시의 표정은 딱딱했다.

"놀랐어요. 이 나라에, 당신이 있다니."

"나도, 네가 있을 줄은 몰랐다……."

배시는 그렇게 말하더니 곁눈질로 캐럿을 흘끗 봤다.

캐럿의 로브 자락에서 끝이 뾰족한 검은색 꼬리가 흘끗 엿보였다.

자세히 보면 후드도 부자연스럽게 부풀어 오른 상태였다. 뿔이 있는 것이다.

"서큐버스는, 국외로 나오는 것이 금지되지 않았던가?"

"아뇨, 다른 나라에서 살결과 머리카락을 드러내는 것과 그리고 그 밖에도 이것저것 금지되었을 뿐이지 국외로 못 나가는 건 아니에요……."

캐럿.

그녀는 서큐버스다. 본래 서큐버스의 민족의상은 천이 얇고 피부 노출이 많다.

경우에 따라서는 다른 종족에게 치부로 여겨지는 장소가 크게 노출되기도 한다.

하지만 캐럿은 온몸을 뒤덮는 것 같은 복장이었다.

"이런 장소에서 배시 님과 만날 수 있을 줄은 몰랐어요…… 배시 님같이 위대하신 분이, 어째서…… 이런, 실례를. 이 상황과 그 모습을 보아하니 일목요연하네요."

"……."

"그렇게 노려보진 마세요. 저도 비슷한 상황이니까요……."

캐럿은 그렇게 말하더니 눈매를 가늘게 만들었다.

웃는 것이었다. 얼굴을 가리고 있기에, 배시에게 보이는 것은 눈매가 스르륵 가늘어지는 모습뿐.

그것만으로도 냄새가 물씬 나는 것 같은 색기가 감돌았다.

"원하는 상대가 아니라 죄송하지만, 술자리를 함께해도?"

"전우를 함부로 대할 생각은 없다."

배시는 그 색기에 부풀어 오르는 사타구니를 억누르며, 포커페이스를 유지하며 끄덕였다.

캐럿은 기쁜 듯 끄덕이더니 유려한 동작으로 스르륵 의자에 앉았다.

"오랜만이네요. 마지막으로 본 건 언제였던가요."

"리나 사막의 철수전이 마지막이었던가."

"아, 그랬죠! 그리워라……."

『헐떡이는 목소리 캐럿』.

성격은 냉철하며 무척 계산적이고, 용감하며 잔인.

육탄전도 마법도 높은 수준으로 소화하고, 일설에 따르면 선더 소니아와 호각으로 싸움을 펼친 적도 있다고 한다.

항상 전선에서 계속 싸우던 역전의 서큐버스이자, 맹자가 가득한 서큐버스군에서도 최강이라 주목받던 존재 중 하나.

타국에도 이름을 떨치며, 특히 엘프군에서는 가장 많은 엘프 남성을 붙잡은 존재로서 두려움을 사는 것과 동시에 미움을 받았다.

"후후, 정말 영광이에요. 배시 님."

캐럿은 그렇게 말하며 배시의 잔에 자신의 잔을 맞댔다.

쨍, 상쾌한 소리가 났다.

"나도 그렇다."

배시는 그렇게 말했지만, 가능한 한 캐럿 쪽을 보지 않으려고 했다.

남자다운 배시가 이렇게나 여자다운 여성을 앞에 두고 어째서……라고, 오크와 서큐버스의 관계를 잘 모르는 휴먼이라면 생각했을지도 모른다.

하지만 이것은 어쩔 수 없는 일이었다.

그녀들에게 다른 종족의 남자란 식량에 불과하다. 미려한 용모로 낚아서, 아래의 입으로 영양을 보급한다. 그녀들에게 다른 종족이 교미로 하는 일은 어디까지나 식사, 성교가 아닌 것이다.

그리고 중요한 점인데, 그런 행위로 자식이 생기지도 않는다.

서큐버스가 자식을 만드는 경우, 서큐버스끼리 키스를 한다. 그녀들에게 입은 식사를 받아들이는 것만이 아니라 생식을 위한 기관이기도 한 것이다.

여하튼 자식이 생기지 않는다면 오크의 아내로서는 부적격이다.

그렇지만 배시의 진정한 목적이 동정을 버리는 것임은, 현명한 독자라면 잘 아시는 바이리라.

동정을 버릴 수 있다면 그것도 괜찮지 않느냐고, 그렇게 생각할 참이리라.

하지만 그렇지는 않은 것이다.

그것을 설명하기 위해, 옛날이야기를 하나 하도록 하자.


먼 옛날. 아직 배시가 태어나기도 훨씬 전의 일.

어느 오크가 있었다.

그 오크는 피부가 붉은 레드 오크로, 태어날 때부터 체격이 좋아서 처음으로 검을 들었을 때에 두 살 연상의 오크를 때려눕힌 장래가 유망한 오크였다.

그런 그는 첫 출진에서 한 여자를 데리고 돌아왔다.

서큐버스였다. 전장에서 한 서큐버스와 의기투합해서 함께 적을 섬멸하고, 그대로 하룻밤을 함께 보내고 러브러브한 상태로 돌아온 것이었다.

이리하여 그 남자는 서큐버스를 아내로 맞이했다.

오크에게 자식이 생기지 않는 성교 따윈 그저 무의미의 극치였지만, 그것은 그것, 이것은 이것. 서큐버스와의 성교는 최고로 기분이 좋았다나.

오크답게 다른 오크에게 알몸의 아내를 과시하거나, 격렬한 교미를 보여주거나 했다.

서큐버스를 아내로 삼는다니 좀처럼 할 수 없는 일이었기에, 남자도 콧대 높은 매일을 보냈다. 다른 오크들도 아름다운 서큐버스를 마음대로 할 수 있는 남자를 무척 부럽게 생각했다고 한다.

하지만 그 행복은 어느 날, 끝을 맞이한다.

남편인 오크 남자가 평소처럼 의기양양하게 어깨로 바람을 가르며 거리를 걷고 있다가, 기이한 감각을 느꼈다.

어제까지 평범하게 대하던 이들이 놀란 것 같은, 비웃는 것 같은, 어딘가 데면데면하게, 부스럼을 건드리는 듯한 태도로 대하는 것이었다.

남자가 의아하게 생각하며 친구 하나에게 캐묻자, 친구는 어두운 얼굴로 잘 손질된 거울을 가져왔다.

남자가 그 거울을 들여다보자 익숙한 남자의 얼굴이 있었다.

하지만 그 남자의 이마에 익숙하지 않은 것이 있었다.

아니, 본 적은 있다. 뿐만 아니라 그것을 손가락질하며 웃거나, 비웃거나, 헐뜯은 적도 있었다.

그것이 자신에 붙어 있다는 사실을 안 순간, 공포를 느끼며 핏기가 가셨다.

그것은 오크 메이지라면 누구든지 달고 있는 증표였다.

마법 전사의 증표.

동정의 문장이 남자의 이마에 드러난 것이었다.

……그는 그날, 서른 살의 생일이었다.

그 후, 남자와 아내 서큐버스가 어디로 갔는지, 아는 사람은 없다.


오크 사회에서 일반적인 전사가 마법 전사로 변하는 것은 수치로 여겨진다.

설령 그 경위가 어떠할지라도…….

그렇기에 아마도 더는 견디지 못하고 마을을 떠나 어딘가에서 죽었을 것이다.

그 일은 오크들에게 오랫동안 전해지게 된다. 어째선지 서큐버스와 아무리 성교를 하더라도 동정을 버릴 수는 없다고.

그러기는커녕 서큐버스로 동정을 버린다면, 그 후에 아무리 다른 사람과 성교를 하더라도 동정의 문장이 떠오르는 것이라고.

"……."

그래서 배시는 캐럿에게 구애하지 않았다.

배시가 하룻밤의 밀회를 원한다면 틀림없이 그녀는 기꺼이 응할 것이다.

동정도 버릴 수 있다. 혹시 내 것이 되라고 한다면, 옛날이야기에 등장하는 레드 오크와 똑같은 하루하루를 보낼 수도 있을 것이다.

하지만 그것은 전사 배시의 끝을 의미한다.

게다가 마법 전사 배시의 시작을 의미하고 마는 것이다.

배시로서는 이 세상의 끝이라고도 할 수 있으리라.

"얄궂은 일이네요. 저는 최강의 서큐버스 군인으로서, 당신은 무적의 오크 영웅으로서 온갖 적을 무찌르고 승리의 과실을 얻었는데, 이런 곳에서 비참하게 상대를 골라야만 하는 것이니까."

"그렇군."

상대하는 캐럿 역시도 필요 이상으로 배시에게 접근하지 않았다.

팔짱을 끼거나, 가슴을 들이대거나, 입가에 귀를 가져다 대고서 속삭이지는 않았다.

서큐버스는 모든 남성을 식량으로 소비할 수 있다. 하지만 바로 그렇기에, 존경할 가치가 있는 남성을 식량으로 보는 것은 실례로 여기는 문화가 있었다.

"전쟁의 시대는, 좋은 시대였어요. 자기 취향인 남자를 마음껏 붙잡아서, 마음껏 먹을 수 있었죠……. 지금은 마치 잔반을 뒤지는 쥐처럼……."

"……."

"다시 그 시대로 돌아가고 싶다, 힘겹고 괴롭더라도 자유롭게 살고 자유롭게 죽을 수 있었던 그 시대로…… 그렇게 생각하진 않나요?"

"……."

배시는 대답할 수 없었다.

혹시 지금 이 순간, 모든 조약이 파기되고 전쟁이 시작된다면,

배시는 너무도 간단히 동정을 버릴 수 있을 것이다. 그야말로 휴먼의 나라에서 만난 주디스 같은 여자를 붙잡아서 마음껏 삶을 구가할 수 있을 것이다.

하지만, 그것은 그저 꿈이다.

지금 이 순간 전쟁이 벌어진다면, 틀림없이 오크는 간단히 멸망하고 말 것이다.

오크 킹 네메시스는, 오크라는 종의 존속을 바라고 있다. 다시 말해 평화를 바라는 것이다.

그렇다면 배시가 전쟁을 바랄 수는 없었다.

"후후, 농담이에요……."

"그런가."

"하지만 혹시 함께 싸울 기회가 있다면, 그때는 또다시 어깨를 나란히 하고 싸우는 영예를, 제게 주시겠어요?"

그 말에 다시금 떠오른 것은, 과거의 전투였다.

리나 사막의 철수전.

그 전투에서 서큐버스군은 막다른 곳에 몰려 있었다. 리나 사막은 이제 비스트의 영토 일부이지만, 과거에는 사막에 사는 리자드맨의 영토였다.

그 영토를 빼앗기게 된 전투는, 드워프와 휴먼의 혼성군 침략으로 시작되었다.

리자드맨과 함께 싸우던 서큐버스군은, 동포를 지키고자 사력을 다해서 싸웠다.

하지만 사실 습지대에 사는 리자드맨 대부분은 사막이 무척 거북했다.

서큐버스 역시도 전망이 좋은 사막에서의 싸움은 특기가 아니었다.

애당초 리나 사막의 방어에는 오거와 하피 혼성군도 붙어 있었지만, 게디구즈가 죽은 뒤로 오거도 하피도 자신의 영토를 지키는 것만으로도 벅찼기에 사막에서 철수.

상대가 그 기회를 노린 모양새가 되었다.

오크는 드워프에게 몰리고 있는 리자드맨과 서큐버스 구원에 나섰다.

하지만 이미 전선은 붕괴하고 사막의 리자드맨과 서큐버스 혼성군은 완전히 포위당하여 전멸할 상황에 맞닥뜨린 상태였다.

그들이 리나 사막을 포기하고 철수할 때까지의 전투…… 그것이 리나 사막의 철수전이었다.

그 전투에서 배시는 평소처럼 분투, 서큐버스와 리자드맨을 구해냈다.

그리고 그때 서큐버스군의 지휘를 맡고 있던 것이, 눈앞의 여자였다.

배시도 선명하게 기억한다.

격전을 넘어선 뒤, 아직 옆에 서 있는 이가 있었고, 그것이 그녀였다.

나눈 말은 적었다. 고작해야 두세 마디. 기억에 남아 있지도 않다.

하지만 배시가 '격렬한 전투였다'라고 기억하는 전장에서 마지막까지 그 옆에 서 있던 이는 많지 않다.

대부분은 따라가지 못하고 탈락하든지, 벗어나든지, 혹은 전사했다.

배시를 따라올 수 있다는 것은 그만한 힘을 가진, 의지할 수 있는 일류 전사임에 틀림없다.

그러니까 그녀에 대해서는 선명하게 기억하고 있었다.

함께 떠오르는 것은 싸울 때 흔들렸던 유방이지만, 배시는 그 유방의 기억을 떨쳐냈다.

지금 떠올려서는 안 되는 것이었다.

적어도 추억한다면 동정을 버린 다음에 해야만 한다.

동정을 버린 다음이라면, 틀림없이 WIN-WIN의 관계가 될 수 있을 것이다.

"물론이다. 그때는 내 쪽에서도 부탁하도록 하지."

"……후후, 고마워요."

캐럿은 미소 지었다.

얼굴의 대부분은 가리고 있어서 알 수 없지만, 아름답고 매력적인 미소임은 알 수 있었다.

혹시 캐럿이 서큐버스라는 사실을 몰랐다면, 배시는 그녀에게 프러포즈를 했을 것이다.

서큐버스라는 종족은 상시 페로몬을 뿌리고 있다. 남성을 끌어들이고 매료시키는 페로몬이다.

하지만 그것을 미리 알고 있다면 배시도 브레이크를 걸 수 있었다.

"당신은, 용감했어요. 아직도 기억하고 있어요. 드워프 맹장 고르도돌프가 측면에서 돌격하고 모두가 절체절명의 순간이라 생각해서 서큐버스와 리자드맨이 공포에 비명을 지르며 공황에 빠진 상황에, 당신만큼은 냉정하게 맞서 싸웠죠."

"너도 도망치지 않았다."

"후후후, 칭찬해주셔서 영광이에요…… 하지만 사실은 다른 사람들과 마찬가지. 너무나도 도망치고 싶어서, 너무나도 무서워서 참을 수가 없었죠. 책임이 있었으니까 그걸 겉으로 드러내지 않았을 뿐……."

그 후로 한동안, 배시와 캐럿은 전쟁 시대의 추억 이야기로 꽃을 피웠다.

처음에 배시는 여성 편력에 대한 화제가 나오지는 않을지 긴장했지만, 점차 고향의 술집에서도 그랬던 적이 없을 정도로 수다스럽게 자신의 공적과 싸움에 대해서 이야기하기 시작했다.

캐럿은 무척 대화하기 편했다.

기분 좋게 마시고, 기분 좋게 이야기했다.

이 여자가 서큐버스만 아니라면…… 아니, 설령 서큐버스라고 해도 동정만 아니라면 그대로 넘어뜨렸을 것이다.

자신을 식량으로 삼더라도 이 여자라면 괜찮다. 계속 함께 있고 싶다, 이 여자는 나를 이해해준다.

그렇게 생각하게 만드는 것이 그녀의 농간이라는 사실은, 어쩌면 휴먼 창부 따위가 봤다면 알 수 있었을 터이지만, 동정인 배시는 알아차릴 수도 없는 일이었다.

참고로 젤은 카운터 테이블 위에서 숙적 아몬드와 사이좋게 잠

들어 있었다. 싸움을 시작하고 강가에서 서로 주먹을 휘두르고는, 지금은 완전히 애인이었다. 땅콩? 옛날 여자야.

"쌓인 이야기는 있겠지만, 이 정도로 해둘까요."

"그렇군."

혹시 캐럿이 진심으로 배시를 먹잇감으로 노렸다면, 틀림없이 이렇게 말하지는 않았을 것이다.

서서히 배시의 어깨에 몸을 기대고 가슴을 들이대며, 촉촉한 눈빛으로 취해버렸다고 이야기했을 것이다. 그리고 배시가 참지 못하고 캐럿을 데려가도록 만들 법한 이야기를 속삭여서 고스란히 낚아 올렸을 것이 틀림없다.

혹시 배시가 동정이 아니었다면 자신이 먼저 캐럿을 안고자 말을 꺼냈을 것이다. 서큐버스는 자식을 낳을 수는 없지만 그것은 그것, 이것은 이것, 원한다면 안을 수 있는 여자를 안지 않아서 어쩔 셈이냐. 나는 오크다, 라고.

"후후, 그럼 또 다른 기회에."

하지만 그렇게 되지는 않았다.

캐럿은 마지막까지 서큐버스로서 예절을 지켰고, 배시는 동정이었다.

"그래."

배시는 캐럿이 남긴 달콤한 향기에 코를 벌름거리며, 여성과의 즐거웠던 대화에 미련을 남기면서도 작별을 고한 것이었다.

ORC HERO
STORY
# 오크영웅이야기
## 촌탁열전

# 5. 가면의 성녀 오란티아카

　수도 리칸트 중심부, 왕궁 리카온.

　정원, 건물, 내부 장식까지 모두 새로운 그곳은, 결혼하는 셋째 공주를 위해서 금은보화로 아름답게 장식되어 있었다.

　그것만이 아니었다.

　셋째 공주의 결혼이 대대적으로 발표되고 한 달, 결혼식에 맞추어 준비가 착착 진행되고 있었다.

　비스트 셋째 공주 이누에라와 엘프 군인 토리카부토 대령의 결혼.

　그것은 세계적으로 보아도 무척 경사스러운 일이었다.

　그저 경사스러운 것만이 아니라, 양국의 인연이 더욱 강해지는 것과 동시에 타국을 향한 견제의 의미도 포함된, 정치적으로도 의미가 있는 결혼이었다.

　그래서 엘프와 비스트 왕족은 각자의 위신을 걸고, 그 결혼식을 전후 가장 호화로운 행사로 만들 예정이었다.

　그래서 윤택한 자금을 아낌없이 사용하고, 축제를 개최하고, 세계 각국에 선전하고, 각지에서 저명한 인물을 초대했다.

　하지만 당연하게도 그것을 달갑게 여기지 않는 자가 있었다.

　그것은 엘프와 비스트가 힘을 더하는 것을 바라지 않는 휴먼 귀족이거나, 모처럼 돈을 벌 기회에 소외당한 드워프 상인이거나…… 토리카부토가 소속된 파벌과 적대하는 엘프 귀족이었다.

"――그러니까 이 트릭을 쓴다면 독이 효과를 발휘할 것으로 추측되는 시간에 알리바이가 존재하지 않는 녀석이 나온다는 거로군! 음!"

리카온 왕궁의 한 방은 시끌벅적했다.

결혼식에 초대된 높으신 분들이 모여서 한 여성의 말을 듣고 있었다.

긴 금발에서 뾰족하고 긴 귀가 엿보이는 것을 보면, 엘프가 틀림없었다.

하지만 얼굴은 가면으로 가려져서 정체는 알 수 없었다.

그 자리에 있는 모두가 알고 있었지만…… 아무도 모른다. 그런 암묵적인 양해가 있었다.

"부겐빌리아."

"으으윽!"

그리고 가면을 쓴 여성은 한 여성을 추궁하고 있었다.

짧게 다듬은 금발에 긴 귀. 귀에는 큰 귀고리가 달려 있지만, 한쪽뿐. 다른 한쪽은 가면을 쓴 여성의 손에 붙잡혀 있었다.

"있잖아, 어째서 이런 짓을 하려고 했지? 토리카부토는 네 소꿉친구잖아?"

부겐빌리아.

그렇게 불린 여성은, 잠시 고개를 숙이고서 떨고 있었다.

하지만 이윽고 퍼뜩 고개를 들고, 외쳤다.

"당신이…… 뭘 안다는 건가요! 수백 년이나 처녀인 당신이!"

"이봐, 그만해."

"나는, 훨씬 예전부터, 토리카부토 님을 사랑했어! 격렬한 전쟁 사이의 만남을 마음의 안식처로 삼았다고! 전쟁이 끝나면, 토리카부토 님과 하나가 될 수 있으리라 꿈꿨어! 그런데, 이런 짐승 냄새나는 궁전에서, 털북숭이 짐승과 결혼한다니! 용납할 수 있을 리가 없잖아!"

"그 이야기, 처녀랑 관계없잖아?!"

"토리카부토 님을 위해서라면, 어떤 가혹한 임무라도 견딜 수 있었어! 명령만 받는다면 노인이든 어린아이든 죽였지! 하지만 결혼한 뒤에는, 최선을 다할 생각이었어! 그런데, 암살 부대의 대장과 왕족이 결혼한다면 평판이 좋지 않다는 말을 듣고, 전쟁 중에 오크한테 붙잡혔으니까 더러운 몸이라는 소리를 듣고! 주위의 강요 탓에 억지로 포기할 수밖에 없었던 내 마음을, 이해할 수 있을 리가 없어!"

"아니, 이해한다고? 나도 말이야……."

"알고서도 참을 수 있겠냐고! 사랑을 모르는 처녀 따위가!"

"아니, 오히려 오크한테 지고서도 당하지 않았던 탓에 냄새난다든지 그런 소리를 들은 내 기분을 알아줬으면 좋겠는데……?"

"그 오크한테 프러포즈 받고, 완전히 돌변해서는 잔뜩 들떴던 주제에!"

"윽…… 음…… 어, 어어, 그러네. 응. 저는 당신의 마음은 이해 못 해요…… 죄송합니다……."

가면을 쓴 여성은 식은땀을 흘리며 사죄하고는, 헛기침.

"여하튼! 그래서, 너는 그 마음을 반 토리카부토파에게 이용당해서, 하수인으로서 이런 짓을 저질렀다는 건가."

가면을 쓴 여자는 그렇게 말하더니 손끝으로 귀고리를 살짝 건드렸다.

그러자 귀고리 끝에서 액체가 한 방울 뚝 떨어졌다.

꺼림칙한 보라색 액체. 누가 어찌 보더라도 맹독이었다.

"······."

"······있잖아. 아마 그 녀석들도 네 마음 따윈 모를 거라고?"

배려하듯이 가면을 쓴 여자가 말하자 부겐빌리아는 복잡한 표정을 드러냈다.

하지만 이미 물러날 수 없는 곳까지 와버렸다.

이 자리에 토리카부토는 없지만, 자신이 비스트 귀족을 암살해서 결혼식을 중지로 몰아넣으려고 하는 것까지 들켜버렸다.

미래는 닫혀버린 것이다.

"이리된 바에는······."

부겐빌리아는 품에서 단검을 꺼냈다.

꺼림칙하게 구부러진 단검. 엘프군 암살 부대 내에서도 특히 공적이 있었던 사람에게 주어진, 명예의 단검.

암살 부대 최고의 실력을 가진 부겐빌리아가 살기를 뿜어냈다.

"이, 이봐, 그만하라고! 조급하게 굴지 마라!"

"전부 죽여버리겠어! 이누에라도, 토리카부토 님도! 다, 당신도! 이런, 이런 결혼 인정 못 해! 엉망진창으로 만들어주겠어!"

그 자리가 소란스러워졌다.

그중에는 검을 뽑아 드는 자나 마력을 손에 싣는 자도 있었다.

아무리 암살 부대의 최고였다고는 해도, 부겐빌리아는 혼자.
이 자리에 있는 이들은 모두가 전쟁에서 살아남은 맹자들이었다.
부겐빌리아와 호각이거나 그 이상의 실력자가 몇 명이나 섞여 있
었다. 승산 따위는 없었다.

"있잖아, 부겐빌리아. 확실히 나는 네 마음을 알 수 없을지도
몰라. 하지만 말이야, 토리카부토도 너도, 어릴 적부터 알고 지냈
거든. 네가 토리카부토를 좋아했다는 건 몰랐지만. 나는 네가 결
코 나쁜 녀석이 아니라는 건 알아! 옛날부터 너는 강하고, 약해빠
진 토리카부토를 괴롭히려는 아이들한테서 지켜줬지…….

가면을 쓴 여자의 말에 부겐빌리아의 눈빛이 흔들렸다.

"그 사랑이 이루어지지 않은 건 안타깝다고 생각해. 엘프를 위
해서 애쓴 너를 더럽다느니 그런 녀석들에게는, 내가 따끔한 맛
을 보여줄게. 뭣하면 내가 직접, 공적인 자리에서 네 공적을 치하
해줘도 돼. 응, 처음부터 그랬어야 했네! 여러모로 바빠서…… 아
니, 변명이겠지. 최근에는 내 일만으로도 정신이 없어서, 너희에
게까지 생각이 미치질 않았거든. 용서해줘."

가면을 쓴 여자의 목소리는 부겐빌리아에게 그리운 것이었다.

옛날, 또래와 싸워서 울리면 이 사람이 와서 이렇게 타일러주
었던 것이다.

부모님을 전쟁에서 잃은 엘프들에게 이 사람은 어머니이자, 교
사이자, 지켜야 할 대상인 것이었다.

"그리고 새로운 사랑을 찾지 않을래? 응. 예를 들자면, 심비디움은 어때? 같은 암살 부대에 있던. 그 녀석도 아마 아직 독신이었지? 그야, 네가 보기에는 조금 의지가 안 될지도 모르겠지만, 그 녀석도 나쁜 녀석은 아니니까 조금 그런 눈으로 보면 어떨까? 뭣하면 나도 도와줄 테니까 말이지? 응?"

가면을 쓴 여자는 그러면서 천천히 다가왔다.

자극하지 않도록, 틈만 있으면 손에 든 칼을 빼앗고자.

하지만 말은 진지했다. 어디까지나 부겐빌리아를 걱정해주고 있었다.

"······!"

부겐빌리아는 깨달았다.

자신은 지금, 결코 칼을 들이대어서는 안 되는 사람에게, 칼을 들이대고 있음을.

엘프의 보물에게, 모든 엘프의 어머니에게 칼날을 들이대고 말았음을.

"그러니까, 있잖아, 부탁할게. 그 단검을 넘겨주지 않겠니?"

그리고 가면을 쓴 여자는 살며시 부겐빌리아의 뺨에 손을 댔다.

다정한 그 손길에, 부겐빌리아는 힘이 빠졌다.

댕그렁 단검이 떨어졌다.

"죄, 죄송해효······."

막대한 눈물 콧물과 함께, 그런 말이 새어 나왔다.

이리하여 하나의 사건과 사랑이 끝을 고했다.

＊　＊　＊

　그날 밤, 가면을 쓴 여자는 리카온 왕궁에 있는 손님방 중 하나에서 과실주를 기울이고 있었다.

　"……."

　그녀가 다시금 떠올리는 것은 낮에 있었던 일이었다.

　오늘, 결혼식에 초청된 내빈 하나가 독살당할 뻔했다.

　미수로 그쳤지만 혹시 정말 죽었다면 결혼식은 중지되었을지도 모른다. 혹은 비스트와 엘프 사이에서 전쟁이 벌어졌을지도 모른다.

　"정말이지……."

　하수인은, 가면을 쓴 여자가 잘 아는 인물이었다.

　부겐빌리아.

　어릴 적부터 잘 아는 아이다. 뭐, 가면을 쓴 여자는 엘프의 이름과 얼굴과 내력 대부분을 기억하고 있지만, 그것은 제쳐두자.

　그녀는 하수인이었지만 가면을 쓴 여자의 설득과 애원으로 극형에 처해질 일은 없을 듯했다. 상응하는 처벌은 받겠지만, 그것은 어쩔 수 없다.

　그런 것보다도 가면을 쓴 여자가 다시금 떠올린 것은, 막다른 곳에 몰린 부겐빌리아의 말이었다.

　솔직히 가면을 쓴 여자에게는 통했다.

　아직도 가슴이 아팠다.

　"토리카부토 녀석, 어째서 그렇게나 인기 있는 거야……?"

그런 불평을 흘리며 홀짝홀짝 술을 마셨다.

색기라고는 전혀 없는 잠옷 위로 복대를 두르고 의자에 축 늘어지게 앉은, 칠칠치 못한 모습이었다.

"응?"

그때 누군가 방문을 두드렸다.

똑똑, 조심스러운 소리에 가면을 쓴 여자는 그 자세 그대로 목소리를 높였다.

"누구냐―? 열려 있다고―?"

"저예요. 밤늦게 죄송합니다."

남자의 목소리였다. 그것도 아는 남자였다.

가면을 쓴 여자는 전장에서도 발휘한 적이 손에 꼽을 정도로 빠른 속도로 문에 달라붙어서, 돌아가려던 문고리를 붙잡았다.

"어라? 잠겨 있는 것 같습니다만?"

"미안하네. 조금 전에 문을 잠갔거든. 응. 거기서 조금만 기다려줘. 바로 열게."

"예."

그 후, 가면을 쓴 여자는 빨랐다.

애용하는 잠옷과 복대를 초고속으로 벗어던지고, 자신의 가방 안으로 슛.

손님용으로 준비된, 살짝 얇아서 속옷이 비쳐 보일 것 같은 실내복으로 갈아입고, 아니, 이건 좀 부끄러운데, 라고 중얼거리고, 가방 안에서 가디건을 꺼내어 그것을 걸쳤다.

전신거울로 자신의 용모를 보고, 부끄럽지 않을 정도로 섹시하다고 확인. 괜찮다며 끄덕이고, 조금 전에 앉아 있던 의자에 다시 앉아서는 과실주 잔을 손에 들었다.

"돼, 됐다, 들어와도 된다고?"

"어라, 잠겨 있는 게……?"

"열려 있다."

문 너머에서 쓴웃음 같은 기척이 느껴졌지만, 가면을 쓴 여자는 그 이유를 알 수 없었다.

여하튼 이런 밤중에, 가족 이외의 남자가 방문한 것은 처음이라 당황한 것이었다.

"실례하겠습니다."

"그래, 잘 왔구……나?"

가면을 쓴 여자는 한순간 말문이 막혔다.

목소리에서, 문 너머에 있는 인물은 예상하고 있었다. 실제로 방으로 들어온 것도 그 인물이었다.

하지만 그는 얼굴에, 여자의 얼굴을 본뜬 가면을 쓰고 있었던 것이다.

"너, 그 가면은 뭐냐? 장난치는 거냐?"

"선더 소니아 님이야말로, 자기 방에서도 가면을 벗지 않는 건가요?"

"으앗, 이 바보가! 쉬—잇! 지금 나는 가면의 성녀 오란티아카. 선더 소니아는 이곳에 오지 않았어!"

"어째서 또 그런 일을……."

"아니, 내가 와 있다는 사실이 알려지면, 토리카부토 녀석이 신경을 쓰게 만들겠지? 자리를 바꾼다든지, 내빈용 객실을 좋은 방으로 내어준다든지…… 안 그래도 결혼식 준비로 바쁜데, 폐를 끼칠 수야 없지."

"그렇군요."

가면을 쓴 남자는 쓴웃음 지으며 끄덕였다.

선더 소니아는 원래 전쟁 중에는 가면을 쓰고 있었다. 자신의 마력을 증폭시키는 가면이었다.

그러니까 오히려 가족 이외에는 가면을 쓰는 쪽이 자연스러울 정도였다.

그런 그녀가 가면을 쓰고 변장해봐야, 아무도 변장한다고 생각하지는 않는다.

그저 중진이니까, 높은 사람이니까, 선더 소니아라 불리고 싶지 않다면 모두가 그에 따를 뿐이었다.

"너야말로, 그 가면은 대체 뭐냐."

"저도 비슷한 이유예요. 지금의 저는 사랑과 평화의 사자 에롤이라는 걸로…… 그건 제쳐놓고, 오늘은 훌륭했습니다. 숨어서 지켜보고 있었죠."

"흥, 가족의 잘못이야. 내가 뒤처리를 해야지, 어쩌겠어."

"각지에서 그런 식으로 세상을 바로잡고 계신 모양이라."

"전쟁이 끝났다고 해서, 잘못을 저지르는 가족이 너무 많거든."

가면을 쓴 여자…… 다시, 선더 소니아는 그러면서 흥, 코웃음을 쳤다.

시와나시 숲에서 여행을 떠나 지금에 이르기까지, 각지에서 좋은 남자를 찾았다.

우선은 휴먼의 나라로 가서, 그곳에서 엘프의 본국으로 이동, 양쪽 모두 허탕으로 끝났다.

아무래도 전쟁이 끝난 뒤로, 엘프는 각지에서 악행을 저지르고 있는 듯했다.

특히 차기 국왕으로 유력시되는 카부토기쿠 왕자와 카부토기쿠에게서 왕위를 빼앗고자 획책하는 아즈마기쿠 왕자의 다툼은 격렬해서, 국내만이 아니라 국외에 얼마나 동료를 만들 수 있느냐는 곳까지 이르렀다.

선더 소니아는 그 현장을 발견할 때마다 중재하고 있었지만, 그 결과로 선더 소니아는 몰래 각국을 돌며 자국민이 저지른 악행을 심판한다는 소문이 돌게 되어버렸다.

그저 결혼 상대를 찾고 있을 뿐인데.

"그래서 사랑과 평화의 사자 에롤 경은 무슨 용건이지? 이런 밤중에 얼굴을 가리고서 처녀의 침실을 찾아오다니, 이상한 소문이 돌더라도 어쩔 수 없다고? 그런 소문이라도 흘러봐라. 너는 엘프 첩보부에게 쫓기다가 그 가면이 억지로 벗겨진 끝에, 소문을 만든 책임을 지게 되겠지."

그것은 가면을 벗고서 본명을 대고 책임을 진다면, 하룻밤의 밀회도 오케이라는 유혹이었다.

뭣하면 오늘 밤만이 아니라 매일 밤의 밀회도 오케이라고 생각했다.

너무나도 에두른 표현이라 전해질 리도 없다지만.

"……그랬지요. 확실히 이런 밤중에, 순결한 처녀인 성녀 오란티아카 님의 침실을 찾는다니, 배려가 부족했네요. 용건이 끝나면 바로 나가도록 하죠."

"아…… 그런가. 응…… 그렇게 해줘……."

자신이 꺼낸 말을 거둘 수도 없으니, 선더 소니아는 그대로 움츠러들었다.

그녀는 "책임을 진다면 괜찮겠지?"라며 남자가 다가오기를 기대한 것이었다. 양식 있는 인간이 엘프 중진 선더 소니아와 하룻밤의 불장난을 저지를 리가 없다. 설령 양식이 없을지라도, 선더 소니아에게 손을 대는 리스크를 무시할 수 있을 정도의 멍청이는 좀처럼 없다.

"당신에게도 전달해두고 싶은 일이 있어서."

"뭐지?"

"예의 그 사람들, 역시나 움직이고 있는 모양이더군요."

그 말에 선더 소니아가 얼굴을 찌푸렸다.

"그런가?"

"이 나라에도 이미 침입했을지도 모르겠네요."

"결혼식은 어떻게 되지? 중지하나?"

"무엇을 노리는지 알 수 없는 이상, 아무래도…… 다만, 여왕은 결행할 생각인 것 같군요."

"그 여왕이라면 그렇게 말하겠지. 기가 드세거든, 그 녀석은…… 그래서, 나는 뭘 하면 될까?"

"우선 지금은, 움직일 수 있을 분에게 정보 제공과 주의 환기를 하는 것뿐이니까요."

"······그런가. 정보, 감사하지. 주의하도록 할게······ 그것뿐인가?"

"그것뿐입니다."

"정말로 그것뿐이야?"

"그것뿐입니다."

"그런가······."

선더 소니아의 뇌가 초고속으로 돌아갔다.

이 남자, 사랑과 평화의 사자 에롤.

그의 정체가 독신 남성이라는 사실을, 선더 소니아는 알고 있다.

그 가면 밑에 감추어진 맨얼굴이 잘 생겼다는 것이나, 그의 가문이나, 전장에서의 화려한 공적이나, 그 밖에 이것저것에 대해서도 알고 있다.

나쁘지 않은 상대다.

"뭐, 경사스러운 결혼식이야. 무사히 치러주고 싶네! 응! 우리가 뒤에서 움직여서 도와줄까!"

"그렇군요."

"그런데, 너는 그런 쪽의 이야기는 없느냐? 응? 네가 결혼 같은 걸 한다면 너무나도 경사스러운 일이라 세계가 흥분하겠지? 혹시 상대가 없는 모양이라면, 그래, 예를 들면······."

"저는, 어느 여성에게 정조를 지키고 있어서요."

중간에 딱 잘라 말하기에 선더 소니아는 입을 다물었다.

그 여성은 누구냐, 그렇게 묻는 것도 주저되었다.

물어봤다가는 또다시 재기 불능의 대미지를 받을지도 모르니까.

"그, 그런가…… 상대가 있다면 됐다. 응."

"그럼, 슬슬 실례하도록 하죠."

"어, 응. 알았다. 붙잡아서 미안했다……."

"예. 선더…… 아니, 오란티아카 님도, 모쪼록 조심하시길."

"물론이다마다. 나는 엘프의 대마도사 선더 소니아라고. 조심하고 있어. 충분히 말이야."

에롤은 인사를 하고는 방을 나가려고 했다.

선더 소니아는 미련을 느끼며 그것을 지켜보고, 붙잡아야 할지 망설였다.

그때 에롤은 멈춰 섰다.

"아, 그렇지."

"뭐, 뭐냐?!"

"『오크 히어로』가, 이곳에 와 있었습니다."

"배시가?"

"공주의 결혼을 축하하러 왔을 테죠."

"호, 호오……."

갑자기 『오크 히어로』 이야기가 나와서 선더 소니아는 동요했다.

하지만 생각해보면 배시가 이곳에 오는 것은 그렇게 신기한 일도 아니었다.

오크와 비스트의 우호를 생각하면, 이 결혼식은 절호의 기회니까.

"완벽한 정장에 얌전한 태도…… 스스로를 잃지 않도록 술도 마시지 않은 모양입니다. 자신이 비스트 왕족에게 어떻게 여겨지고 있는지 잘 이해하는 거겠죠. 다른 오크로서는, 그렇게까지는 못할 겁니다."

"그렇겠지. 녀석은 나한테 프러포즈하러 왔을 때도, 엘프의 정장을 입고 있었어. 물론 거절했지만 말이야! 물론이지!"

본래 오크가 전장에서 죽인 상대의 가족에게 머리를 숙이는 일 따위는 없을 것이다.

너도 죽여서 대를 끊어주겠다고 비웃는 것이 오크라는 종족이다.

하지만 배시라면, 일족의 긍지와 명예를 위해서라면, 자신의 머리 따위는 가벼운 것이라며 거뜬히 숙였을 것이다.

물론 배시가 취한 행동은 사죄와는 조금 달랐다.

다른 종족의 정장을 입고, 정식적인 자리에 모습을 드러내고, 당당하게 축사를 건넸다.

그것은 오크가 다른 종족을 존중하며 우호적이라는 포즈였다.

"다만 비스트 왕족은 그만큼 이지적이지 않은 모양이라, 제가 자리를 비운 사이에 영웅을 격하게 매도하고는 쫓아내 버렸다고 그러는데…… 그렇게 될 바에는, 붙어 있을 걸 그랬어요."

"뭐라고…… 비스트 왕족은 바보인가? 마음은 알겠지만, 그래선 안 되겠지. 애당초 녀석들은 원한을 너무 크게 담고 있어. 전쟁은 끝나고 모두 친하게 지내려 하는데, 오크만 적대시하면 안 되잖아. 무슨 애들도 아니고."

"말씀하시는 게 옳습니다…… 하지만 혹시『시와나시의 악몽』에게 당신이 살해당했다면, 엘프도 똑같이 행동했을 거라 생각하는데 말이죠."

"어―…… 뭐, 우리도 응석받이들뿐이니까 말이야."

에롤은 쿡쿡 웃었다.

수백 년을 산 엘프를 어린아이라고 단언하는 선더 소니아가 재미있었던 것이다.

"영웅이 그 사실에 원한을 품고 복수를 생각하지 않는다면 좋겠는데요……."

"아니…… 녀석은 그런 생각은 하지 않을 거라 생각한다고. 응. 나한테 차인 뒤에도 천연덕스럽게 다음 마을로 갔으니까. 다른 오크였다면 이렇게 되지는 않았을 테지."

"그렇다면 좋겠지만……『예의 그 사람들』의 동향도 신경 쓰이는군요. 선더 소니아 님도, 절대로 방심하지 마시길."

"당연하지. 내가 방심할 것 같으냐."

"하하하, 괜한 참견이었군요. 그럼."

에롤은 또다시 인사를 하고는 방에서 나갔다.

방에 남은 선더 소니아는 과실주를 쭉 비우고 테이블에 푹 엎드렸다.

『예의 그 사람들』의 동향도 신경 쓰이고, 배시도 신경이 쓰이지 않는다면 거짓말이다.

하지만 그 이상으로 충격이었던 것은, 다른 일이었다.

"하아~~~~~."

선더 소니아는 크게 한숨을 내쉬고는 푹 엎드린 채, 누구에게도 들리지 않을 작은 목소리로 중얼거렸다.

"저 녀석 정도의 남자라면, 그야 상대 정도는 있겠지……."

여행을 시작한 뒤로 이미 몇 번을 거듭한 허탕에, 선더 소니아는 크게 탄식하는 것이었다.

# 6. 기다릴 줄 아는 남자가 인기 있는 남자

"아침인가."

배시는 여관에서 눈을 뜨고는 크게 기지개를 켠 뒤, 채비를 갖추었다.

따뜻한 물로 몸을 씻고, 향수를 뿌리고, 비스트족의 정장을 입었다.

여관 1층에서 식사를 마치고 다시 방으로 돌아왔다. 그리고 침대에 앉아서 팔짱을 끼고 눈을 감았다.

기분은 최고였다.

역시나 작전 행동이라는 것은, 머리 좋은 참모의 생각에 따르는 것이 최선이다.

생각해보면 데몬 왕 게디구즈가 살아있을 무렵에는 좋았다. 위에서 내려오는 명령에 따르기만 하면 모든 전투에서 승리를 손에 넣을 수 있었다.

그 왕이 없었다면 배시는 지금처럼 강해지기 전에 어딘가에서 죽었을 것이다.

"오늘은 오는 걸까요."

젤은 아침 식사인 아몬드를 으적으적 씹으며, 요정의 가루를 작은 병에 채우고 있었다.

아몬드 가루도 상당히 들어가 버렸다. 오늘 요정의 가루는 아몬드 풍미임에 틀림없으리라.

배시는 움직이지 않았다.

외출하지도 않고 단련하지도 않고, 그저 가만히 있었다.

걸 헌팅에 힘쓰지도 않고 바에 가지도 않았다.

"모르겠다만, 기다리기만 해도 된다는 건 마음 편하군."

그는 기다리고 있었다.

무엇을?

기회를.

때, 라고 바꿔 말해도 된다.

배시는 기다렸다. 전날 만난, 극상의 그 비스트 여자 실비아나를. 그녀는 반드시 자신을 찾아올 것이라고.

왜냐하면 잡지에 이렇게 적혀 있었으니까.

『여자가 또 만나자고 했다면 재촉해서는 안 돼! 걸신들린 것처럼 다가가지 마! 기다릴 줄 아는 남자가 인기 있는 남자!』

비스트족 연애의 극의는 『기다림』이다.

잡지에는 그렇게 적혀 있었다. 그래서 배시는 기다리기로 했다. 전 세계의 온갖 전장을 뛰어다닌 배시는 정면 돌파가 특기로 여겨지고는 하지만, 잠복 역시도 특기였다.

필요하다면 열흘이든 스무날이든, 수풀 속에서 가만히 기다릴 수 있다.

그러다가 목표인 적이 오지 않았을지라도, 힘들다고 생각한 적조차 없다.

하물며 지금 기다리는 것은 장래의 아내.

힘들 리가 없다. 오히려 기다리는 시간이야말로 사랑을 불타게 만드는 것이다.

"……."

그래서 배시는 기다린다.

궁전에서 벌어진 소동에서부터 오늘까지.

일출 이후, 태양이 중천에 떠올라도 미동 하나 없이. 태양이 기울기 시작해도 미동 하나 없이. 태양이 저물 무렵에 다시 한번 식사를 했지만, 그 이후에는 미동 하나 없이. 거리가 잠든 후에는 젤과 둘이서 교대로 불침번을 서며, 기다린다.

그렇게 며칠이 지났다.

배시는 오늘 역시도 몸을 청결히 하고, 식사를 하고, 여관 침대에서 가만히 기다릴 생각이었다.

이만큼 기다리면 보통은 그래 봐야 안 온다는 사실을 알 법도 하지만, 배시는 더욱 긴 시간의 잠복을 거쳐 성공한 적도 있었다.

『유린왕』쿠델란트를 쓰러뜨렸을 때도, 잠복 후 기습을 통한 것이었다.

그래서 배시는 기다린다.

그는 분명히 언제까지나 기다릴 생각일 것이다. 계속계속, 며칠이든, 며칠이든, 언제까지나, 언제까지나…….

그리고 어느샌가 셋째 공주의 결혼식이 끝나고, 도시 전체의 결혼 분위기도 꺼지고, 배시의 이마에 동정의 문장이 나타나고서야 간신히 깨닫는 것이다.

그 여자의 말은 거짓말이었다, 기다리는 사람은 나타나지 않는다고…….

하지만, 그렇게 되지는 않았다.

"왔는가."

그날 오후. 어느 인물이 여관을 찾았다.

전장에서 잠복할 때처럼 오감을 갈고닦은 상태의 배시는, 바로 그것을 알아차렸다. 이 여관에, 익숙하지 않은 발소리가 들어왔음을.

그 발소리의 주인은 여관 주인과 두세 마디 대화를 나누고는, 곧장 배시의 방으로 찾아왔다.

보폭을 보기에, 여성. 그 발소리는 조용하고, 하지만 소리를 의도적으로 지운 것은 아니었다. 고귀한 자의 특징적인 걸음걸이였다.

틀림없다. 그녀다.

"당신, 여기까지 왔다면 실패는 용납되지 않아요!"

"알고 있다. 반드시 내 것으로 만들겠어."

공주라는 존재는 오크에게 손꼽히는 인기 직업이다.

아내로 삼는다면 누가 좋은가, 그런 화제에서 거의 반드시 나온다. 여기사 다음 정도로 나온다.

하지만 실제로 공주를 손에 넣는 것은 어렵다. 기사와 다르게 숫자가 적고, 전장에 나올 기회도 적다. 여기사와 함께 싸우고 조금이라도 열세가 되면 금세 철수하는 것도 왕족의 특징이다. 추격하더라도 호위 기사들의 결사적인 저항이 기다린다.

그것을 넘어서더라도 오크에게 범해질 바에야 자해하는 공주도 많다.

보이기는 있지만 결코 손에 넣을 수 없는 절벽 위의 꽃.

그것이 공주라는 존재다.

배시가 아는 한, 공주를 아내로 삼을 수 있었던 오크는 셀 수 있을 정도뿐이다.

그것도 대부분이 옛날의 동화 같은 이야기. 배시가 살아온 시절에 공주를 손에 넣을 수 있었던 오크는 단 하나. 오크 킹 네메시스뿐이다. 그 공주도, 지금은 이미 살아 있지 않다.

비스트 다섯째 공주 실비아나.

오크의 영웅 배시의 아내로서 걸맞은 존재라 할 수 있을 것이다.

이만한 기회는, 앞으로 찾아오지 않을지도 모른다.

그렇게 생각하면 이제까지 이상으로 기합이 들어가는 것이었다.

"……음."

그때 누군가 배시의 방문을 두드렸다.

"들어와요, 열려 있어요!"

젤의 말에 문이 열렸다.

그곳에는 수수한, 그러나 한눈에도 고가임을 알 수 있는 비단 로브를 걸치고 후드를 덮어써서 얼굴을 가린 인물이 있었다.

후드 안쪽에서 엿보이는 얼굴은 며칠 전, 단 한 번 보았던 미모.

다섯째 공주 실비아나였다.

기다리는 사람은, 왔다. 잠복 성공의 순간이었다.

"후후."

그녀는 배시를 보고는 부드럽게 미소 지었다.

"갑작스러운 방문, 놀라시게 만들어버린 모양이네요."

"아니, 기다리고 있었다."

"어⋯⋯."

배시의 그 말에 실비아나는 굳어졌다.

확실히, 자세히 보니 배시의 복장은 정장이었다. 식전에라도
나가려는 것 같은, 비스트족의 외출복. 마치 고귀하신 분을 맞이
하는 것 같은⋯⋯.

"우후후, 미처 기다릴 수가 없었군요?"

"제대로 기다렸다고 생각한다."

"⋯⋯."

당당한 그 말을 듣고 실비아나는 살짝 당황한 모습을 드러냈다.

대화가 영 맞물리지 않았다. 하지만 금세 녹아내리는 표정을
짓더니, 침대에 걸터앉은 배시 옆에 앉았다.

그리고 아양을 떨듯이 배시의 어깨에 몸을 기댔다.

배시의 팔을 풍만한 가슴 사이에 끼웠다.

"아아, 배시 님! 사랑스러운 분! 연모해요!"

"음. 나도다."

실비아나는 몸을 떼고 침대에 눕더니 눈을 감았다.

마치 무언가를 기다리듯. 이미 나는 준비 오케이다, 덮쳐봐라,
컴온! 그러는 것처럼.

"그럼, 갈까."

하지만 배시는 일어섰다.

"아니, 어디로?"

"그야 정해져 있지."

곤혹스러워하는 실비아나에게 배시는 말했다.

엄니를 번쩍 빛내며.

"데이트다."

잡지에 적혀 있던 필승법을.


■ ■ ■


『여자가 유혹하는 것처럼 보인다? 그건 남자의 착각! 순조롭게 만남을 거듭해서 관계를 구축하자!』

『여자가 리드하는 시대는 이제 끝! 지금은 남자가 데이트를 리드!』

잡지에 따르면 비스트족의 연애는 남성 측의 인내심을 시험하는 것 같았다.

갑자기 결혼을 들이대거나 성교를 강행해서는 안 된다.

남자의 눈에는 유혹하는 것처럼 보이는 행동을 여성이 할지라도, 그것은 함정이다.

덮친다면 "그럴 생각은 아니었어!"라며 혼이 나고, 차인다.

성교에 이르려면 순조롭게 단계를 거듭할 필요가 있다.

단계란 다시 말해 만남. 데이트를 가리킨다. 데이트에도 역시나 단계가 있어서 최소한이라도 다섯 번의 데이트가 필요하고, 그것들 모두 다른 장소를 방문해서 다른 말을 건네어야만 한다.

그리고 여섯 번째 데이트에 프러포즈의 말을 입에 담으면, 그 노고는 보답을 받는다.

비스트 여자는 암컷이 되어, 수컷의 소유가 되는 것이다.

솔직히 말해서, 배시는 잡지가 없었다면 이미 실수를 저질렀을 것이다.

조금 전에 실비아나가 아양을 떤 단계에서, 이미 프러포즈는 이루어지고 아무런 문제도 없으리라 교미를 강행…… 순식간에 차였을 터.

하지만 지금 배시에게는 잡지가 있다.

그리고 배시는 치밀한 작전 행동에서, 전선의 전사가 자신의 판단 기준으로 움직이는 것이 얼마나 어리석은지 아는 남자다.

머리 좋은 참모가 고안한 작전이라면 그것을 완벽하게 따르는 것이 승리의 비결.

배시는 그것을 자신의 몸으로 체험한 적이 있었다.

그것은 바로 키안 평원에서의 전투였던가.

무럭무럭 힘을 기르고, 배시 자신도 조금 우쭐대기 시작했을 때의 일이었다.

배시는 그때, 평소처럼 명령에 따라 동으로 서로 분주히 움직이며 적을 격파하고 있었다.

그러던 그때, 배시에게 어느 명령이 내려졌다.

그 명령은, 지금 상대하는 적을 무시하고 남하해서 다른 적을 치라는 심플한 내용이었다.

당시의 배시는 빡쳤다. 눈앞의 적을 무시하라니 무슨 소리냐며 분개, 그대로 그 자리에 머무르며 적과 계속 싸웠다.

그 결과, 아군이었던 데몬 부대가 협공을 당하여 전멸. 배시의 중대는 고립무원에 빠져버렸던 것이다.

최종적으로 배시의 중대는 죽지 않았지만, 데몬 지휘관에게 격렬하게 혼쭐이 났다.

굴욕적인 패배는 배시에게 지혜와 교훈을 주었다.

그 이후, 배시는 명령에 충실했다.

다만 어느 시기를 넘어섰을 무렵부터, 배시에게 우격다짐으로 명령을 내릴 수 있는 사람은 한정적이 되어버렸지만…….

여하튼 그런 배시이기에, 첫 번째 데이트 플랜은 완벽했다.

잡지에 적혀 있는 그대로이지만.

"저기, 여긴……?"

"여기서 같이 밥을 먹는다. 다른 가게로 해야 했나?"

"허어, 아뇨, 여기면, 괜찮은데요……."

곤혹스러워하는 실비아나의 손을 잡고 배시는 가게 안으로 들어갔다.

잡지의 추천 가게이지만 어차피 서민 대상의 가게, 안은 어수선하고 사람도 많았다.

적어도 공주님이 들어갈 가게는 아니었다.

하지만 배시가 그런 사실을 알 도리도 없었다.

"추천은 특제 미트파이, 라는 음식이라더군."

"배시 님은 미트파이를 모르시나요?"

"음. 오크의 나라에는 없었다."

"그런가요."

분위기라는 점에서는 별로였을지도 모른다.

하지만 실비아나는 깔깔 웃더니 배시 옆에 앉아서 팔짱을 꼈다. 그리고 배시의 허벅지 쪽을 다정하게 쓰다듬었다.

"심술궂으신 분…… 저는 식후의 디저트라는 거로군요?"

"……."

배시는 실비아나의 동작에 두근두근했지만, 그러나 지금은 잡지의 가르침을, 그 단계에 이를 때까지는 손을 대어서는 안 된다는 가르침을 완고하게 지키며 참았다.

배시는 오크 중에서는 드물게도 참을 수 있는 남자인 것이었다.

그리고 배시는 만에 하나 자신이 폭주했을 때의 억지력으로 젤을 배치해두었다.

젤은 지금도 가게 구석에서 반짝반짝 빛나며 배시를 감시하고 있었다.

당신, 힘내요! 미래는 밝아요! 라고 염파를 보내며.

그리고 식사는 별 탈 없이 종료되었다.


그 후, 배시는 잡지에 적혀 있던 무기점을 둘러봤다.

비스트 여자는 강한 남자를 선호한다.

하지만 전쟁이 끝난 지금, 그저 강하기만 한 남자는 그다지 선호되지 않는다.

그러니까 무기점에서 무기의 품질을 꿰뚫어 보며, 다른 남자와는 다른 모습을 보여주자는 것이었다.

배시는 무기점을 돌며 가게 앞에 진열된 무기의 품질에 대해서 이야기했다.

그래 봐야 죄다 잡지 내용을 그대로 읊는 것에 불과하고, 가끔씩 나오는 "이 무기는 그 전투에서 쓴 적이 있다"라는 추억 이야기만이 배시의 지식이었다.

솔직히 무기의 지식은 무척 얕다는 사실은 부정할 수 없었다. 배시는 무기를 고르지 않으니까, 무기의 품질에 대해서는 거의 모르는 것이었다.

하지만 실비아나는 시종일관 생글생글했다.

특히 배시가 추억 이야기를 꺼낼 때는, 입을 오리처럼 내밀며 응응 고개를 끄덕였다.

"이 무기는, 비스트족이 즐겨 사용하는 것이군. 도검, 이라고 했나. 베는 맛이 괜찮다."

"그렇군요. 비스트족은 어릴 적부터 이 도검 수련을 쌓죠."

"도검 사용자 중에서 가장 인상에 남아 있는 건, 역시나 레미엄 고지 전투에서 상대한 그 남자겠지."

"배시 님의 기억에 남을 정도의 맹자가 있었군요. 어떤 분인가요?"

"용사 레토."

배시는 그 말을 꺼냈을 때, 실비아나의 얼굴을 보고 있지 않았다.

도검의 칼날에 먼 과거가 비치는 것처럼, 눈을 가늘게 뜨고 있었다.

그래서 그 순간, 실비아나가 어떤 표정을 지었는지는 알 수 없었다.

"굉장한 전사였다. 참격의 궤도를 읽을 수 없는 환영의 마도를 지니고, 힘도 기술도 속도도 용사의 이름을 가지기에 걸맞은 남자였지. 만신창이가 아니었다면 패배한 건 나였을 테지."

"그런 겸손을…… 배시 님이라면, 상대가 만전이었을지라도 여유롭게 승리하셨을 테죠?"

"승리했을지라도, 여유롭지는 않았겠지."

"……."

배시가 떠올린 것은, 과거에 겪은 전투.

데몬 왕 게디구즈가 죽은, 전쟁을 끝으로 이끈 일전.

격전이었다. 어디서 무슨 일이 벌어지고 있을지도 알 수 없을 만큼.

그런 대혼전 가운데, 배시는 데몬 왕이 습격을 당했다는 보고를 듣고 데몬의 진지까지 달려갔다. 총사령관을 지키기 위해서 서둘렀다.

하지만 때를 맞추지 못했다.

배시가 도착했을 때, 이미 데몬 왕 게디구즈는 죽은 뒤였다.

그리고 왕과 측근들의 시체 옆에는, 지금 막 전투를 마치고 적 진에서 탈출하려는 세 남녀가 있었다.

휴먼 왕자 나자르.

엘프 대마도사 선더 소니아.

비스트 용사 레토.

선더 소니아는 이미 마력을 모두 잃고 기절해서 나자르에게 업혀 있었다.

그들이 적진을 돌파하려면 배시를 쓰러뜨려야만 했다.

배시는 세 사람이 각 나라의 영웅이라는 것 따위는 몰랐다.

이름도 그 무엇도 몰랐다.

하지만 한꺼번에 죽이려고 했다.

누구에게 무엇을 명령받은 것도 아니었지만, 그렇게 해야만 한다고 확신했다.

하지만, 놓쳤다. 나자르는 선더 소니아를 업고, 배시에게서 끝내 도망쳤다.

어째서 그럴 수 있었는가.

그것은 용사 레토가 배시 앞을 막아섰으니까.

온몸에서 피를 흘리며 포효를 내지르고, 모든 힘을 쥐어짜 내어 배시에게 일대일 승부를 도전했으니까.

물론 그런 상태에서 배시에게 이길 수는 없었기에, 레토는 죽었다.

"녀석은 동료를 살려 보내기 위해, 목숨을 걸고 싸웠다. 이미 서 있을 힘조차 남지 않았을 텐데도 몇 번이나 일어서고, 마지막까지 포기하지 않고 싸웠다. 진정한 전사였지. 녀석과 싸워서 승리한 것을, 나는 긍지로 생각한다."

"그럼…… 어째서 시체를 방치했나요?"

"정해진 일이었다."

배시는 당연하다는 듯 말했다.

"데몬 왕의 측근이, 최후의 부탁으로서 말했으니까.『왕의 시신을, 다른 사람들에게 드러내어서는 안 된다』라고."

아군이 남긴 마지막 말을 배시는 따랐다.

배시는 오크지만, 긴 전쟁에서 살아남은 전사이기도 했다.

그렇기에 데몬 왕의 시신이 발각된다면 아군의 사기가 바닥에 떨어진다는 사실을 이해했다.

자신의 영예보다 전군의 승리를 우선시했다고 할 수 있으리라.

그래서, 사투를 펼친 전사에 대한 예의에 어긋나는 행위임을 알면서도, 데몬 왕의 시신을 우선시하고 레토의 시신을 방치했다.

그리고 데몬 왕 게디구즈를 데몬 장군이 있는 곳으로 옮겼다.

결국 휴먼 왕자 나자르가 무사히 데몬 왕 게디구즈의 죽음을 보고했기에 의미 없는 행위가 되어버리고, 배시가 전선으로 돌아오려고 했을 때에는 이미 대세가 정해져서 퇴각으로 넘어가 버렸지만.

후회는 없다.

게디구즈가 죽은 시점에서 그렇게 될 것은 자명한 이치였다.

배시가 레토의 목을 내걸고 승리를 외쳤을지라도, 결말은 변하지 않는다.

"그런가요."

실비아나의 대답은 이제까지의 말 중에서 가장 작았다.

배시가 돌아봤을 때에는, 그녀는 역시나 온화한 미소를 짓고 있었다.


그렇게 윈도쇼핑을 즐기는 사이, 저녁이 되었다.

사람들은 집으로, 혹은 여관으로 돌아가기 시작했다.

그중에는 애인사이인지, 사이좋게 어깨를 나란히 하고서 여관으로 들어가는 이들도 있었다.

밤 시간. 공공의 시간이 끝나고, 개인의 시간. 다시 말해 그런 일을 하는 시간.

실비아나도 그것을 느끼고 있는지, 배시의 어깨에 몸을 기대고서 조금 수줍은 듯 미소를 짓고 있었다.

배시는 그것을 보고 그녀에게 물었다.

"오늘은, 즐거웠나?"

"예, 배시 님. 꿈같은 시간이었어요."

"그렇다면."

배시의 시선이, 자신이 묵는 여관 쪽으로 향했다.

자연스럽게 실비아나도 그쪽을 봤다.

이제부터 어디로 가서, 둘이서 무엇을 하는지 아는 것처럼. 마치 그것을 기대하는 것처럼⋯⋯.

그는 말했다.

"오늘은 여기서 이별이로군."

"⋯⋯예?"

실비아나는 미소 그대로 굳었다.

"다음에는 좀 더 좋은 곳으로 데려다주지. 그럼."

배시는 그러더니 시원스럽게 떠났다.

석양 아래, 긴 그림자를 드리우며, 미련이 느껴지지 않는 발걸음으로.

그리고 금세 사라졌다. 오크의 영웅은, 철수도 빠른 것이었다.

"⋯⋯."

그리고 길가에 홀로, 실비아나가 남았다.

"⋯⋯⋯⋯허?"

툭하니 중얼거린 말은, 석양 아래로 사라졌다.

■ ■ ■

"당신……."

여관으로 돌아온 배시를 맞이한 것은 무거운 표정의 젤이었다.

젤은 주먹을 쥔 상태로 팔짱을 끼고 잠시 부들부들 떨었지만, 이윽고 번쩍 고개를 들고는 배시의 얼굴에 안겨들었다.

"완벽했어요!"

"그래!"

젤의 말에 배시도 기뻐하는 목소리로 대답했다.

가장 첫 번째 데이트.

배시는 확실한 반응을 느끼고 있었다. 실비아나는 계속 기분이 좋았고, 마지막에는 배시에게 달라붙었다. 다른 종족과의 연애를 잘 모르는 배시도, 그녀가 자신에게 좋은 인상을 가지고 있다는 것은 알았다.

"내 견해에 따르면, 이미 그 공주님은 당신에게 헤롱헤롱이에요! 뭣하면 오늘 밤은 이 여관으로 데려와서 성교까지 갔더라도 이상하지 않다고요! 그런 느낌이 있었어요!"

"그럴지도 모르지. 하지만 방심해서는 안 된다. 잡지에도 적혀 있었다만, 성교 단계에서 차이는 경우도 있다고 하니까."

"그래요! 여기까지는 잡지 그대로 해서 완벽했죠. 그렇다면 이제부터도 잡지 그대로 하는 편이 낫다는 건 틀림없어요!"

실비아나가 바싹 다가왔기에 배시의 욕망은 폭발 직전이었다.

하지만 수많은 전장을 헤쳐 나온 강인한 정신이, 그것을 억누르고 있었다.

모든 것은 다가올 동정 졸업을 위해. 아내를 획득하여, 오크의 영웅으로서 당당하게 가슴을 펴고 고향으로 돌아가기 위해. 이것이 최후의 시련인 것이다.

영웅인 자신이 넘어서지 못한다면 누가 넘어설 수 있다는 것인가.

"당신, 잘했어요! 나는 다음『데이트 코스』예비 조사를 하고 올게요."

"고맙다!"

"괜찮다니까요!"

젤이 창문으로 날아갔다.

저 페어리는 반드시 잡지에 적혀 있던 데이트 코스를 구석구석까지 체크하고, 자세한 정보를 배시에게 가져다줄 것이다.

길 확인부터 가야 하는 가게의 배치, 그리고 주인과 교섭하여 배시가 왔을 때에 받아주도록 손을 써둘 것이다.

그리고 그 결과, 승리가 찾아온다.

'……싱겁기는 하지만, 승리할 때라는 건 이런 법이지.'

배시는 밤하늘을 올려다보며 이제까지의 여정을 떠올리고, 그립다는 듯 표정을 푸는 것이었다.


다음 날부터, 또다시 배시가 기다리는 나날이 시작되었다.

……그렇게 말하고 싶은 참이지만, 그리 오래 기다리지는 않았다. 다음 날도 그다음 날도, 실비아나는 찾아왔다.

배시는 당연하다는 표정으로 데이트 계획을 진행하고, 그때마다 실비아나는 헤롱헤롱 녹아들었다.

배시의 이성은 몇 번이나 한계를 맞이했지만, 그러나 한계를 넘지는 않았다.

그야말로 일이 계획대로 진행되고 있었으니까.

혹시 도중에 실비아나가 배시에게서 떨어졌다면, 혹은 배시에게 안 될지도 모르겠다는 초조함이 있었다면 이렇게 되지는 않았을지도 모른다.

실비아나의 유혹은 그만큼 강렬했다.

바디터치를 시작으로 달콤한 말, 에두른 표현이지만 교미나 임신을 상기시키는 말.

누가 어찌 보더라도 그녀는 배시에게 반해 있었다. 결혼해서 아이를 낳기를 원하고 있었다.

모든 것은 잡지에 적혀 있는 그대로 일이 진행되고 있었다.

휴먼 책사란 이렇게나 미래를 예측할 수 있는 것인가.

이래서야 전쟁에서 패배한 것도 어쩔 수 없다.

그렇게 생각하고 말 정도로 순조로웠다.

■　■　■

하지만 누군가가 순조로울 때라는 것은, 누군가가 순조롭지 못할 때라고도 할 수 있었다.

"……."

심야.

리카온 왕궁의 모처에서 한 여성이 주먹으로 벽을 후려치고 있었다.

왼손 엄지의 손톱을 깨물며, 몇 번이고 계속해서 오른손을 휘둘렀다.

"……."

마치 그런 생물이기라도 한 것처럼, 그저 몇 번이고 후려쳤다.

그녀의 얼굴은 무표정했다.

하지만 혹시 누군가가 그녀와 눈이 마주쳤다면, 눈동자 안에서는 증오와 분노를 엿볼 수 있었을 것이다.

# 7. 암약

실비아나 리버골드 다섯째 공주는 비스트 왕족 리버골드 가에서는 열 번째 자식이다.

비스트는 다산이고 왕족 역시 예외가 아니었다.

어머니 레오나 리버골드는 두 번의 출산을 경험했고, 첫 번째에 다섯, 두 번째에 여섯의 자식을 낳았다.

실비아나는 두 번째 출산 때 다섯 번째로 나왔다. 여섯 명 중 다섯 번째였다.

태어난 장소는 전장이었다.

첫 번째 출산에서 태어난 아이가 모두 죽고서 2년. 대망의 아기였음에도 불구하고 그다지 축복받지는 못했다. 당시에는 데몬 왕 게디구즈의 최전성기, 비스트는 힘겨운 처지에서 언제 멸망하더라도 이상하지 않은 상황이었으니까.

가신도 셀 수 있을 정도밖에 없고, 다들 갓 태어난 공주님의 어두운 미래에 불안한 표정을 내비칠 뿐이었다.

그런 가운데 단 하나, 진심으로 축복한 인물이 있었다.

레토 리버골드.

여왕 레오나의 동생만이, 조카인 여섯 공주의 탄생을 축하했다.

여섯 공주가 태어났을 때, 이미 아버지는 없었다.

국서인 타이가 리버골드는, 여섯 공주가 태어나기 몇 번인가 전의 전투에서 사망했다.

여섯 공주의 유소년기는 빈말로도 행복했다고 할 수는 없었다.

전투와 퇴각. 노성과 비명. 안녕의 날 따위는 한 번도 없었다.

레토는 그런 여섯 공주에게 오라버니라고 할 수 있는 존재였다.

레토는 언제나 여섯 공주를 지켜주었고, 여섯 공주가 철이 들기 시작하자 그녀들에게 싸움의 기술이나 지식을 가르쳐주었다.

어쩌면 아버지를 모르는 그녀들에게, 아버지라고도 할 수 있을 존재였을지도 모른다.

여섯 공주는 다들 레토를 따랐고, 존경했고, 동경했다.

그에 박차를 가한 것은, 역시나 레토가 이루어낸 『성지 탈환』일 것이다.

레토가 『용사 레토』가 된, 후세에 전해질, 비스트족 최대이자 최후의 반격극.

게디구즈의 지배 아래에 있던 무렵의 일곱 종족 연합에게 승리한, 몇 안 되는 승전.

그 전투로 레토는 영웅이 되었다.

여섯 공주에게 둘도 없는, 세계 최고의 영웅이 되었다.

당시에 아직 어렸던 여섯 공주는 모두가, 장래에는 레토의 아내가 되는 것을 꿈꿨다.

그런 꿈은, 어느 날 산산이 부서지고 말았다.

레미엄 고지 결전.

용사 레토는 데몬 왕 게디구즈의 결사대에 참가하고, 죽었다.

여섯 공주도 긴 전쟁에서 살아남은 이들이다.

슬프기는 했지만 자주 있는 일, 명예로운 전사라면 어쩔 수 없다며 포기할 수는 있었다.

수렵의 신을 믿는 그들에게, 패배란 수치가 아닌 것이었다.

용감하게 싸우고, 쓰러뜨린 자의 양식이 된다면, 그것은 명예로운 일이다.

……양식이 된다면, 말이다.

용사 레토는 방치당했다.

비스트의 역사 가운데, 가장 존경받아야 할 존재가, 잡졸처럼.

용서할 수 있을 리가 없었다.

여섯 공주는 각자가 특기 분야를 갈고닦으며 복수에 대비했다.

언젠가 자신들이 전장에 나섰을 때, 반드시 하수인을, 오크 전사 배시를 죽이겠다고 마음속으로 맹세했다.

하지만 그 기회는 찾아오지 않고 전쟁은 끝났다.

대부분의 공주들은 전쟁이 끝났을 때 그 분노를 거두었다.

첫째 공주 리스는 차기 여왕이라는 입장 때문에 전쟁은 피해야 한다고, 자신이 오크를 미워해서는 안 된다고 생각했다.

셋째 공주 이누에라도 자신이 어릴 적부터 연모하던 상대와 결혼하기에 이르러, 미래를 그려야 한다고 생각하게 되었다.

그녀들에게 더 이상 증오는 없다.

다른 공주들에게는 증오가 남아 있었지만, 역할이 있었다.

둘째 공주 라비나는 차기 여왕의 보좌라는 입장 때문에 이론적으로 오크와 전쟁을 벌여서는 안 된다고 생각했다.

넷째 공주 쿠이나는 차기 사법 수장으로서 국내에 오크가 나타나더라도 공평해야 한다고 생각했다.

여섯째 공주 후루루는 용사 레토의 기술을 계승한 자로서 그것을 후세에 남기는 것이 자신의 역할이라고 생각했다.

셋 다 오크를 상대로는 차별적이었고, 혹시 원수가 눈앞에 나타난다면 자신들이 그것을 격멸해야 한다는 생각도 있었지만, 최후의 순간에 누군가가 막는다면 그만둘 수 있을 정도로는 이성적이었다.

자신들은 비스트의 공주이자, 비스트족의 다음 세대를 짊어질 책임이 있다는 자각과 자부심이 있었다.

단 한 사람.

다섯째 공주 실비아나만큼은 아니었다.

실비아나는 용사 레토에게 가장 귀여움을 받은 아이였다.

가장 감정이 풍부하고 가장 울보인 아이였기에, 용사 레토의 무릎 위에서 자주 울었다.

우는 이유는 다양했다. 자매한테 괴롭힘을 당했다, 개한테 물렸다, 벌한테 쏘였다…….

그녀는 여섯 공주 가운데 가장 막무가내로, 앞뒤 생각하지 않는 성격이기도 했다.

무언가를 떠올리고는 그것을 실행하고, 호된 반격을 당하고는 울었다.

대부분이 자업자득이었지만, 레토는 그녀가 올 때마다 머리를 쓰다듬으며 달랬다.

그런 그녀가 성장하면서 배우고 목표로 한 것은, 작전 참모였다.

자신이 세운 작전으로 용사 레토를 승리로 이끄는 것이, 그녀의 꿈이 되었다.

참모를 목표로 하며 그녀는 레토에게 이렇게 배웠다.

『참모는, 다정한 아이는 맡을 수 없어. 어째선지 알겠어? 응. 그래. 적이든 아군이든 동정하면 안 되기 때문이야. 참모는 때로 아군을 사지로 밀어 넣는 경우도 있고, 저항하지 않는 적을 학살하는 일도 있어. 목적을 위해서 비정해야만 하는 거야. 조금 더 말하자면, 자신이 세운 작전이 어떠한 결과를 초래할지, 사전에 잘이해하고 있어야만 해. 네게는 어려울지도 모르겠지만, 할 수 있겠니?』

실비아나는 힘껏 고개를 끄덕였다.

그리고 레토가 생각한 것 이상으로 그 말을 무겁게 받아들이고, 자신의 마음을 억눌러 정에 휩쓸리지 않도록 훈련을 시작했다.

무언가 즉흥적으로 행동하기 전에, 그것이 어떠한 결과를 초래할지 잘 생각하게 되었다.

그 결과, 그녀는 더 이상 울지 않게 되었고 신중해졌다.

그런 훈련을 오랫동안 계속한 결과, 여섯 공주 가운데 가장 냉철하고, 가장 교활하고, 가장 비정한 존재가 되었다.

그런 그녀도 레토의 죽음만큼은 견디지 못했다. 며칠이나 울어서 눈이 퉁퉁 붓고, 우울한 나날이 이어졌다.

하지만 그것이 그녀에게 정에 휩쓸리는 마지막 사건이 되었다.

어느 날을 경계로 그녀는 마음을 버렸다.

미소의 가면을 붙이고, 합리적인 이야기만 입에 담게 되었다.

다른 공주들은 그렇게 되어버린 실비아나를 가엽게 생각했고,

그녀를 걱정했다.

다만 의지하기도 했다.

정에 휩쓸리지 않고 합리적인 발언이 가능한 그녀의 존재는, 감정에 쉽게 휩쓸리는 다른 공주들에게 무척 고마운 것이었다.

하지만 또 하나 말하겠다.

다섯째 공주 실비아나는, 용사 레토에게 가장 귀여움을 받은 아이였다.

레토를 가장 따르던 아이였다. 가장 감정이 풍부한 아이였다.

레토의 죽음을, 버려진 긍지를 누구보다도 무겁게 받아들인 공주였다.

……그리고 가장 막무가내인 아이였다.

그녀는 감정을 버리지 않았다. 마음을 버리지 않았다.

그저 깊숙이 감추었을 뿐이다.

그렇기에 왕궁에 오크가 나타나고, 그것이 레토를 죽인『오크 히어로』배시임을 알았을 때, 그녀는 그 자리에서 어떤 계획을 세웠다.

앞뒤는 전혀 생각하지 않고.

■

"……."

실비아나는 그날도 홀로 왕궁으로 돌아왔다.

수수하면서도 고급스러운 로브를 입고 단아하게, 상류 계급답게 어둠 속을 나아갔다.

왕궁의 위병들은 그런 그녀의 모습을 인식하고서, 그러나 책망하지는 않았다.

이미 교섭은 마친 것이었다.

그녀는 자기 방으로 돌아왔다.

본래라면 수행하는 시녀가 그녀의 옷을 갈아입히고자 달려올 참일 터인데, 그런 기척은 없었다.

"……."

캄캄한 방을 달빛이 비추고 있었다.

실비아나가 비단 로브를 스르륵 벗자, 그녀의 풍만한 몸매가 드러났다.

혹시 배시가 이 자리에 있었다면, 틀림없이 이성 따위는 한순간에 날아갔을 것이다. 영웅 따위는 어차피 유혹에 약한 존재인 것이다.

문득 실비아나가 고개를 옆으로 돌렸다.

그 시선 앞에는 전신거울이 있었다. 종전을 기념하여 네 종족 동맹이 협력해서 만들고 각국의 왕족에게 증정된 물건이었다. 몇 가지 마법 각인이 펼쳐진 그 거울은, 백 년은 빛을 잃지 않는다. 설령 곤봉으로 파괴하더라도 순식간에 수복될 것이다.

그런 거울을, 주먹으로 두들겼다.

쩌저적, 기분 나쁜 소리가 울리고 거울에 크게 금이 갔다.

그 금은 마치 시간이 거꾸로 흐르는 것처럼 고쳐졌지만, 실비아나는 몇 번이고 계속 주먹을 휘둘렀다.

거울에 빨간 주먹 자국이 생겼지만, 그럼에도 그녀는 계속해서 거울을 때렸다.

으드득 소리에 습기가 어리고 질척대는 소리로 변해도, 아직 이어졌다.

이윽고 그 기행은 전조도 없이 끝을 고했다.

실비아나는 무표정 그대로 손을 멈추더니, 거울 옆에 놓여 있던 천으로 공들여서 그 거울을 닦았다.

그리고 말없이 천을 쓰레기통에 던져 넣고는 작게 회복 마법을 영창하여 상처를 치료했다.

"……."

실비아나는 옷장에서 잠옷을 꺼내어 입고, 달빛이 비쳐드는 창가에 서서 창문을 활짝 열었다.

배시가 돌아갔을, 여관 쪽을 봤다.

얼음장 같은 무표정이 무너졌다.

눈동자 안에 비치는 것은 강한 증오. 이를 드러내고 작게 으르렁거렸다.

"……뭐가 긍지로 생각한다는 거야."

그 입에서 새어 나온 혼잣말.

그 혼잣말에는 분노만이 아니라 어딘가 당황한 기색이 섞여 있었다.

마치 자신이 이렇다고 믿었던 것이, 실제로는 조금 다른 것이었다는, 그런 당황한 기색이었다.

하지만 그 말을 듣는 이는 아무도 없고, 그저 목소리만이 어둠

속으로 점차 사라졌다…….

　"……."

　실비아나는 잠시 밖을 바라봤지만, 이윽고 작게 한숨을 내쉬고
는 방을 돌아봤다.

　그녀의 얼굴에는 미소가 들러붙어 있었다.

　누구에게 보여주려는 것인지, 누구를 향해 짓는 것인지 알 수
없는 미소가.

　하지만 다음 순간, 그 미소는 얼어붙었다.


　"여어, 안녕."


　어느샌가 방에 여자 하나가 있었다.

　방 의자에 편안하게 앉아서 번쩍번쩍 빛나는 붉은 눈동자로 실
비아나를 보고 있었다.

　어느샌가. 그렇다, 정말로 어느샌가였다.

　조금 전, 옷장에서 창가로 이동할 때에는 없었다.

　그것이 누구인지는, 불빛을 밝히지 않았기에 잘 보이지 않았
다. 하지만 실비아나는 그것이 『좋지 않은 자』임을 순식간에 깨달
았다.

　"손님을 초대한 기억은 없는데요."

　실비아나는 그렇게 말하며 입가에 손을 댔다.

　검지를 입가에 대고 숨을 들이마셨다.

　그것은 비스트에게 전해지는 통신 수단 『호적(呼笛)』.

비스트 중에서도 지극히 일부에게만 들리는 소리가 주위에 울려 퍼지는 그것은, 비스트족의 긴급 연락수단으로서 오래 전부터 귀하게 취급되었다.

설령 자신이 듣지 못하더라도 소리만큼은 낼 수 있도록, 모두가 어릴 적부터 훈련을 받았다.

하지만 그 소리가 울리기 직전, 『좋지 않은 자』가 입을 열었다.

"『오크 히어로』를 함락시킬 방법에, 흥미 없어?"

"……."

실비아나의 움직임이 뚝 멎었다.

"당신, 배시를 농락하기 위해서 꽤나 고생하는 모양이네……."

"……."

"그렇지. 대다수 오크는 머리가 부족한 녀석들에 불과하지만, 『영웅』이라 불리는 사람 정도 된다면 어중간한 유혹이나 달콤한 말에는 넘어가지 않는걸. 설령 단둘이 있을지라도, 한 나라의 공주를 욕망 그대로 덮치는 짓 따위는 안 해."

"무슨, 이야기일까."

실비아나는 어느샌가 또다시 미소를 짓고 있었다.

보는 사람 모두가 안심할 법한 미소를. 미소라는 이름의 포커페이스를.

"말 안 해도 알아. 용사 레토를 죽인 배시한테 복수하고 싶은 거잖아?"

"……."

"그러니까 자기를 덮치게 만들고, 강간이었다고 주장해서……

오크와의 전쟁을 일으키려고 한 거지?"

"……."

그것은 경박한 말투였다. 농담을 하는 것 같은 말투였다.

하지만 이야기하는 내용은 진실이었다.

확실히 실비아나는 그렇게 할 생각이었다.

배시가 있는 곳에 가서 그를 유혹하여 자신을 덮치게 만들도록 행동했다.

그렇게 만들어버리기만 하면, 그다음에 "그럴 생각이 아니었다. 자신은 비스트와 오크의 우호를 위해서 그에게 다가갔을 뿐인데"라고 주장하면, 과정이야 어쨌든 배시에게 죄를 뒤집어씌우는 것은 가능하다고 생각했다.

거친 계획이라는 사실은 알았지만, 어쩔 수 없었다.

배시가 비스트의 나라에 오다니, 예상도 하지 않았던 것이다. 이런 기회는 두 번 다시 오지 않을지도 모른다.

할 수밖에 없었다.

설령 죄를 뒤집어씌우지 못하더라도 비스트와 오크의 관계에 균열을 만들거나, 이 자리에 있는 엘프랑 휴먼의 높으신 분들에게 오크에 대한 나쁜 인상을 심어줄 수 있다면 그것으로 충분했다.

그럴 수 있다면, 자신의 몸은 어찌 되더라도 상관없었다.

설마 손을 대지 않을 줄은 몰랐지만.

"그래서?"

진실을 이야기하더라도 실비아나는 동요하지 않았다.

그런 훈련을 받았다. 애당초 미수니까 규탄을 당할 이유도 없었다.

　그야말로 자신이 비스트와 오크의 우호를 위해서 그와 교류하던 것뿐이다. 그렇게 말하면 그만이었다.

　"당신, 옛날부터 레토 님을 무척 따랐으니까 말이지. 당신에게 전쟁의 기초를 가르쳐준 건 레토 님이었고, 붙잡혀서 포로가 되어 본보기로 살해당할지도 모르던 그때도 레토 님이 구해줬으니까 따르는 것도 당연해. 레토 님은 비스트의 긍지를 체현한 것 같은 사람이었지."

　실비아나의 얼굴에서 점차 미소가 사라졌다.

　강철 같은 무표정으로. 다른 공주들이 무서워하는, 냉혹한 실비아나의 표정으로.

　"전쟁이 끝난 뒤에도, 계속 오크를 멸해야 한다고 주장했다지?"

　"……사고방식이 바뀌는 경우도, 있으니까요."

　"원한은 그렇게 간단히 지울 수 없어. 나도 그런걸. 배시. 그 빌어먹을 오크…… 용서할 수 없단 말이야. 레토 님을 쓰레기처럼 방치한 주제에 태평하게 살고, 하물며 이누에라 님의 결혼식을 축하하겠다니 뻔뻔하기 짝이 없지."

　그 말에 이끌리듯, 실비아나의 무표정이 녹아내렸다.

　가면 아래에서 나타난 것은 증오와 분노의 표정이었다.

　그래. 그렇다. 이 여자의 말이 옳다. 용서할 수 없다.

　『오크 히어로』 배시를 용서할 수 없다.

　용서할 수 있을 리가 없는 것이다, 그 악마를.

　"……그래서, 그 방법이라는 건?"

"우후후…… 비스트 여섯 공주 중 하나이신 실비아나 님. 당신이라면, 바로 떠올릴 수 있을 법한 이야기일지라도 모르는데……들어볼래?"

"시시한 이야기라면, 당신도 죽이겠어."

"어머나, 무서워라."

실비아나는 어느샌가 방에 나타난 붉은 두 빛을 향해 움직였다.

증오와 분노로 가득한 발걸음은 망설임이 없었다.

"방법이라고 해도, 무척 간단한 거야."

"작전은 심플한 편이 좋으니까요."

"결혼식에 배시를 부르고, 당신이 유혹하고, 내가 『매료』를 걸겠어. 그러면 배시는 꼭두각시 인형. 이제까지 계획했던 그대로 당신을 덮치도록 만드는 것도 좋고, 당신 자신의 손으로 죽여버리는 것도 좋고……."

"『매료』…… 서큐버스의 마법을 당신이……?"

달빛이 방을 비추었다.

이제까지 어렴풋하게만 보였던 여자의 모습이 드러났다.

국부를 최소한 가린, 몸에 달라붙는 것 같은 가죽 상하의, 웨이브가 있는 보라색 머리카락, 빛나는 붉은 눈동자, 긴 꼬리.

"나, 서큐버스니까."

서큐버스의 『매료』.

그것은 전쟁 중에 엄청난 맹위를 떨친 마법이다.

걸려버리면 행동을 완전히 봉인당하고, 그뿐만 아니라 아군마저도 덮쳐댄다.

여성에게는 거의 효과가 없다는 단점은 있지만, 반대로 말하면 상대가 남성이라면, 어지간히 높은 마법 내성을 가졌든지 무언가 마도구로 방어하지 않는 한, 서큐버스의 꼭두각시가 되어버린다.

현재 서큐버스와 정면에서 계속 싸웠던 엘프는 남성의 비율이 여성보다 적은데, 그것은 서큐버스 때문이라 여겨진다.

전쟁 후에 사용이 금지된 마법 중 하나.

하지만 반대로 말하면, 그것을 쓸 수 있다면 제아무리 오크의 영웅일지라도 저항할 수 없다.

"……당신의 목적은?"

"성수에 접촉하게 해줘."

"성수를? 그것뿐?"

"우리한테는 중요한 일이라고? 사냥의 신을 믿는 건, 딱히 당신들 비스트만이 아니니까."

신을 믿는다는 말에, 실비아나는 납득했다.

각 종족은 저마다 독자적인 신을 믿지만, 긴 전쟁 중에는 이른 바 종파를 갈아탄 사람도 있었다. 엘프이면서 철과 불의 정령을 믿는 사람이 있다든지, 리자드맨이면서 태양의 신을 믿는 사람이 있다든지.

서큐버스인데 사냥의 신을 믿는 사람이 있을지라도, 전혀 이상한 일이 아니었다.

일찍이 비스트가 그러했듯이, 이 서큐버스가 오랫동안 신앙의 대상을 잃고 있었다면, 그것을 원하여 배시를 함락시키고자 협력하는 것도 납득이 가는 이야기였다.

"있지, 부탁이야. 허가를 받으러 갔더니, 맥없이 거절당했거든."

성수에는, 허가를 받지 않으면 다가갈 수는 없다.

허가를 내리는 성수의 관리관은, 정체도 모르는 서큐버스에게 허가를 내리지는 않을 것이다.

서큐버스가 상대니까 여성이 대응하게 될 테지만, 비스트 여자 사이에도 서큐버스에 대한 편견은 강하게 남아 있었다.

서큐버스는 남자의 정력을 빠는 것만 생각하는 음란한 종족이다. 그런 존재를 소중한 성수에 접근시키겠느냐, 그렇게 생각했을지라도 이상하지 않았다.

애당초 평범한 신자라고 해도 무언가 특별한 이유가 없다면 접근을 허락받지 못하는 것이다.

실비아나에게도 서큐버스에 대한 편견이 없지는 않았다.

하지만 그 이상으로 오크에 대한 증오가 웃돌았다.

"알겠어요. 당신의 이야기에 따르도록 하죠."

"우후후. 교섭 성립이네."

요염한 미소를 짓는 서큐버스에게, 실비아나는 무표정 그대로 끄덕였다.

"그럼 결혼식 날에 다시 올게. 배신하면 싫다고?"

"그건 제가 할 말이에요."

서큐버스는 등의 날개를 움직이더니 둥실둥실 떠올라서 창문으로 나가려고 했다.

그 등을 보고 문득 실비아나는 떠올렸다.

어떤 것을 묻지 않았다.

"그런데, 당신…… 이름은?"

"캐럿. 그렇게 불리고 있어."

『헐떡이는 목소리 캐럿』.

전사라면 그 이름을 모르는 이가 없는, 서큐버스 최강의 전사.

어째서 그런 유명한 전사가, 그런 생각도 없지는 않았지만 반대로 실비아나는 납득하고 있었다.

그만한 전사라면 경비를 빠져나가서 자신의 방으로 숨어드는 것도 간단하리라고.

"그래요. 잘 부탁할게요, 캐럿."

"예, 실비아나 님."

캐럿은 요염하게 미소 짓더니 방에서 날아올랐다.

방에 어둠이 돌아왔다.

"……?"

어둠 속에서, 실비아나는 무언가 위화감을 느꼈다.

무언가 자신의 마음에서 어긋나는 것 같은, 무언가를 잊어버린 것 같은, 그런 위화감이었다.

하지만 동시에, 머릿속에 드리워 있던 안개가 걷히는 것 같은 상쾌한 느낌도 존재했다.

그래서 그녀는 그것을 떨쳐냈다.

지금은 무엇보다 레토의 원수를 갚을 천재일우의 기회를 놓치지 않는 것이 중요했다.

"오크 따원…… 멸망해버리면 돼…….."

그녀의 혼잣말은 어둠 속으로 사라졌다.

# 8. 결혼식장

『다섯 번째 이후의 데이트에서 여자가 분위기 있는 장소로 권유했다면 기회! 바로 지금이니 다가가자!』

그날, 배시에게 한 통의 봉투가 전달되었다.
제대로 무두질한 가죽에, 비스트 왕족의 문장이 금실로 자수 놓인 봉투.
그 안에는 금박을 바른 두꺼운 종이가 들어 있었다.
편지였다.
그 편지에는 이렇게 적혀 있었다.

『내일, 셋째 공주이자 제 언니인 이누에라의 결혼식이 진행되어요.
모두에게 축복받는 언니가 정말로 부러워요.
저희도 언젠가…… 그런 생각은 있지만, 다른 언니들은 모두 오크를 미워하고 있어요.
저와 당신이 결혼하더라도 축복을 받을 일은 없겠죠.
그러니까 적어도 이런 기쁜 날에, 만월 아래에서 만나도록 해요.
달님만큼은 틀림없이 저희를 축복해줄 테니까.
이누에라의 연설이 시작될 무렵, 성수 아래로 와주세요.
오크와 비스트의 영화를 바라며.

실비아나가』

　혹시 배시와 젤이 평소 같았다면, 이 편지의 의미를 이해하지 못했을 것이다. 고작해야 성수 아래에서 뭔가 할 이야기가 있을 테지, 정도의 생각밖에 못 했을 터.

　하지만 그들에게는 잡지가 있었다.

　그렇다, 잡지에는 비스트족의 독특한 표현에 대해서도 적혀 있었다.

　"당신……."

　"알고 있다."

　"드디어, 이날이 왔네요."

　"그래……."

　그 편지에서 키워드는 둘.

『만월 아래에서 만남』

『달이 축복해준다』

　만월은 발정기의 은어이고, 달의 축복이란 임신을 의미한다.

　그러니까 직역하면, 자신은 현재 발정기이며 당신의 아이를 낳고 싶다는 의미였다.

　그야말로 성교 유혹이었다.

　틀림없다. 잡지에도 그렇게 적혀 있다.

　"당신, 다시 한번, 확인해둘게요."

　"그래."

　"잡지에도 적혀 있었는데, 발정기의 비스트 여자가 유혹한다고

해서 방심하는 건 금물이에요. 아내를 얻을 가능성은 현시점 무척 높지만, 최후의 순간에 차이는 패턴에 대해서도 언급되어 있어요. 제대로 기억해두어야 해요."

"물론이야."

"그리고……."

그때 젤은 문득 잡지의 마지막 페이지를 봤다.

그곳에는 단 하나, 불온한 내용이 적혀 있었다.

'……아니, 이건 지금 생각해봐야 어쩔 수 없겠죠.'

하지만 젤은 그것을 의도적으로 무시했다.

적혀 있는 내용은, 작전 행동으로 비유하자면, 충분한 전력으로 맞섰음에도 불구하고 배시 같은 엄청난 강자가 있어서 전군을 쫓아버릴지도 모른다, 그런 이야기였다.

그런 존재가 있을 가능성은 알아두어야 하겠지만, 대항수단이 없는 사람이 그것을 쓸데없이 불안하게 생각해봐야 의미는 없다.

배시도 마지막 페이지에 적힌 문언에 대해서는 알고 있었다.

그리고 배시라면, 설령 눈앞에 자신으로서는 손 쓸 도리도 없는 강자가 와 있을지라도 용감하게 정면으로 싸울 뿐이었다.

"그럼 내일까지 전체적으로 복습해요! 우선 22페이지. 『분위기 있는 장소는 매너가 중요?! 하지만 새삼스럽게 물어볼 수도 없어! 비스트 매너 강좌!』부터."

"그래!"

준비를 만전으로 해서 도전한다.

두 사람이 할 수 있는 일은 그것뿐이었다.

■

　수도 리카온 중심부, 리카온 왕궁.

　그곳에는 전 세계에서 찾아온 온갖 종족이 모여 있었다.

　비스트, 휴먼, 엘프, 드워프.

　리자드맨, 서큐버스, 하피, 오거, 페어리, 그리고 데몬에 이르기까지.

　초대받지 않은 것은 오크뿐이었다.

　하지만 초대받지 않았을 터인 오크도, 당연하다는 얼굴로 참석했다.

　누가 건네었는지 초대장을 들고서 나타난 배시였다.

　"음,『오크 히어로』경까지 오시었나."

　"비스트라도 이런 자리에 오크를 배제하지는 않나."

　"당연하지. 흔해빠진 오크라면 모를까, 배시 경 정도의 영웅을 배제할 것 같진 않군."

　"인사를 해두고 싶은 참이다만……."

　"음……."

　"하지만 저런 영웅에게 가볍게 말을 건네어도 될지……."

　하지만 배시에게 말을 거는 사람은 적었다.

　특히 일곱 종족 연합의 사람들은, 배시를 멀찍이서 바라보며 머뭇머뭇하고 있었다.

　배시의 전과는 너무나도 컸기에, 각국의 중진이라고 해도 망설이고 마는 것이었다.

아니, 중진이기 때문이라고 해야 하리라.

혹시 이곳이 변두리 술집이었다면. 혹은 투기장에서 한 번 겨룬 직후였다면 희희낙락해서는 배시에게 가서 전쟁 중 그의 활약 이야기를 졸랐을 것임에 틀림없었다.

하지만 그러지는 않았다.

이곳은 비스트의 왕궁. 비스트 셋째 공주 이누에라의 결혼식장.

다시 말해서 그들은 외교로 와 있는 입장이었다. 어리숙한 팬으로 있을 수는 없는 것이었다.

조금 더 말하자면, 비스트 왕족은 오크에게 적대적이다.

그런 비스트 왕족의 결혼식에서 오크와 친근하게 행동한다면 쓸데없는 반감을 살 수도 있는 것이었다.

"음, 저건……."

그런 배시에게 다가가는 인물이 하나 있었다.

체구가 작은 그 인물은, 시종을 하나 거느리고서 배시 옆에 섰다.

"응?"

엘프였다.

이 자리에 있는, 모두가 아는 엘프였다.

그리고 그 엘프와 오크의 인연을 아는 사람들 사이에서 긴장감이 퍼졌다.

"허, 허흔?!"

그 얼빠진 목소리는 바로 그 엘프의 것이었다.

자세히 보니 엘프는 입 안 가득 무언가를 물고 있었다.

행사장 테이블에는 요리가 빼곡하게 진열되어 있고, 엘프는 그것을 닥치는 대로 입에 넣고 있는 것이었다.

그 엘프의 뺨은 다람쥐처럼 빵빵했다.

식탐이 많은 것이었다.

하지만 400년 전의 대기근을 아는 엘프 중에는 이런 사람도 많았다.

식사라는 것은 먹고 싶을 때 먹을 수 있다고 단정할 수 없고, 그리고 먹을 수 있을 때 먹어두지 않으면 예외 없이 굶주려서 죽는 것이라고.

……뭐, 400년 전을 기억하는 엘프 따위는 이미 한 사람밖에 없지만.

"선더 소니아인가."

"……뭔가 우물우물하고 있네요, 뭘 하는 건가요?"

"밥을 먹고 있는 거겠지."

엘프── 선더 소니아는, 눈을 끔벅거리며 입 안의 음식을 고속으로 우물우물 꿀꺽.

옆에 있던 다른 엘프 여자가 선더 소니아의 입가를 닦고, 옷에 묻은 부스러기를 얼른 털었다.

아무래도 선더 소니아는 배시의 존재를 알고서 다가온 것이 아니라, 그저 음식이 있는 테이블을 순서대로 돌다가 배시가 있는 곳까지 온 모양이었다.

"음……."

선더 소니아 옆의 엘프를 보고 배시의 가슴이 고동쳤다.

현재 다른 여자에게 한창 대시 중이지만, 역시나 엘프는 배시 취향이라 시선이 가고 마는 것은 어쩔 수 없는 일이었다.

"……오, 『오크 히어로』!"

그 엘프 여자도 배시의 취향에 벗어나지 않고 무척 아름다웠다.

그러나 그녀의 머리……. 그곳에는 작으면서도 하얀 꽃 모양의 머리 장식이 있었다.

회색 은과 하얀 보석으로 만든 액세서리였다.

하얀 꽃을 본떴다.

그렇다면 기혼자라는 의미라고 배시는 납득했다.

참고로 배시는 모르는 일이지만, 이 머리 장식은 스노드롭이라는 꽃을 본뜬 것이었다.

꽃말은 『당신의 죽음을 바랍니다』.

엘프군 암살 부대의 부대 문장이었다.

"……뭐, 뭐냐?"

그녀는 배시를 보고 굳은 표정을 지었다.

손은 주머니로 뻗어 단검을 붙잡고 있지만, 완전히 소극적인 자세였다.

눈앞의 오크가 무언가를 저지른다면 자신은 싸운다. 싸우겠지만…… 전혀 이길 수 있을 것 같지는 않아, 어쩌지. 그런 느낌이었다.

"이봐, 내 부하를 너무 빤히 쳐다보지 말라고. 암살 부대를 보고 경계하는 건 알겠지만, 아무것도 안 해. 전쟁은 끝났으니까. 뭐, 알겠지? 애당초 이 녀석은 전날 실수를 좀 저질러서, 내가 보호관찰 하는 중이거든. 아무것도 안 시킬 거야."

선더 소니아의 말에 배시는 그녀에게서 시선을 돌렸다.

기혼자에게 용건은 없는 것이었다.

"어흠. 오랜만이군, 배시 경. 잘 지냈나?"

"그래, 시와나시 숲 이후로 처음인가."

"음. 어쨌든 조카 같은 녀석의 결혼식이니까 말이야! 토리카부
토. 왜, 시와나시 숲에서 너한테 도움을 받았던 그 녀석이야. 나
도 처음에는 정체를 감출까 싶었는데, 내가 오면 아무래도 너무
신경을 쓰게 만들 테니까. 뭐, 사건이 좀 있어서 금세 들켜버렸지
만. 그 녀석도 참, 내가 와 있는데도『선더 소니아 님이라면 딱히
걱정할 것도 없겠지요. 적당히 마음 편히 계시길』이라는 거야. 좀
더 신경 써도 된다고 생각하진 않아? 몇 번이나 그 녀석의 뒤치
다꺼리를 했다고 생각하는 거야. 처음 기저귀를 갈아줬을 때부터
라고? 정말이지……."

"……그런가."

"그건 그렇고, 역시 너도 여기 와 있었나. 아니, 나쁜 의미가 아
니야. 오히려 나도, 와야 한다고 생각했어. 여섯 공주 녀석들은
싫어할 테지만, 너는 용사 레토와 마지막으로 싸운 전사야. 그런
네가 이 자리에 있다는 건 큰 의미가 있지."

배시는 곤혹스러웠다.

선더 소니아는 마치 옛 친구처럼 술술 말을 건넸지만, 애당초
자신들은 그렇게 친하지는 않았을 터.

자신은 선더 소니아에게 프러포즈를 했지만 차였으니까. 그것

으로 관계는 끝났을 것이다.

아니면 엘프 여자는, 프러포즈를 받고서 찬 상대와는 편한 관계가 되는 것일까.

물론 배시로서는, 나쁜 기분은 아니었다.

선더 소니아는 자신을 찬 상대이기는 해도, 배시 취향의 얼굴이었다.

여전히 아름답고, 가련했다. 그녀로 동정을 버릴 수 있다면, 앞으로의 인생에서 두 번 다시 성교를 할 수 없을지라도 상관없다는 생각이 들 만큼.

그런 그녀와의 대화는 싫지 않았다.

그저 선더 소니아라는 인물이 이렇게나 수다스럽게 이야기하는 모습을 처음 봐서 조금 당황했다.

"……허―, 이렇게나 잘 떠드는 사람이었군요."

"의외군. 항상 기분이 나쁘다고 생각했다."

"이봐, 들린다고. 뭐, 어때. 나한테도 오늘은 기쁜 날이야. 수다스러워질 법도 하지. 안 그래?"

선더 소니아는 옆의 엘프 여자―― 부겐빌리아에게 이야기를 돌렸지만, 부겐빌리아는 그저 곤혹스러울 뿐이었다.

그녀가 아는 선더 소니아는 항상 이런 느낌이었다.

오히려 배시를 상대로 평소처럼 가볍게 말을 걸어도 괜찮은가, 불안해질 정도였다.

"저기, 선더 소니아 님은, 배시 님? 과, 친하신가요?"

"응? 아니, 딱히 그렇게 친한 건 아니라고? 하지만 말이지, 이미 전쟁은 끝났어. 나도 이 녀석한테는 더 이상 응어리도 없으니까, 앞으로는 친하게 지내야겠지!"

선더 소니아는 그러면서 배시의 위팔을 찰싹찰싹 때렸다.

아무렇지도 않은 바디터치에, 배시의 마음에 불이 붙었다.

혹시 차이지 않았다면, 그리고 작전 행동 중이 아니었다면, 배시는 다시 한번 선더 소니아에게 대시했을지도 모른다.

조금 스스럼없이 대하는 것만으로 반해버린다. 동정이란, 그런 슬픈 생물인 것이다.

"……."

그러나 지금의 배시는 작전 행동 중.

표적은 선더 소니아가 아니라 다른 여자다.

이미 가망이 없는 여자에게 정신이 팔려서 목적을 잃을 수는 없었다.

하지만 바디터치는 참으로 표현하기 곤란했다. 선더 소니아의 손바닥은 서늘하고 부드러웠다. 계속 만져줬으면 좋겠고, 계속 이야기도 나누고 싶었다.

하지만 계속 그럴 수는 없었다.

배시는 이 행사를 적당한 느낌의 타이밍에 빠져나가서 실비아나를 만나러 갈 필요가 있는 것이었다. 그리고 그곳에는 실비아나의 풍만한 육체를 통하여 빛나는 동정 상실이 기다리는 것이었다.

……하지만 바디터치는 계속했으면 좋겠다.

나중에 기다리는 포상이 얼마나 클지라도, 눈앞의 유혹이라는 것은 언제나 강력했다.

가고 싶지만 갈 수가 없다.

그런 상반되는 마음에, 배시의 표정이 고뇌로 일그러졌다.

그것을 보고 부겐빌리아가 황급히 머리를 숙였다.

"죄, 죄송합니다. 선더 소니아 님께서 실례를!"

"시, 실례라니 뭐야. 딱히 뭐 어때, 어깨 좀 때리는 것 정도로. 그렇게 세게 때리지도 않았다고…… 혹시 시와나시 숲에서 있었 던 일, 원망하는 건가? 미안하네. 그때는 험악하게 굴어서. 하지 만 어쩔 수 없었어. 너도 알잖아?"

"아니, 사과할 필요는 없다."

무엇을 사과하는지 영 이해할 수도 없고, 자신이 안다는 말에 도 배시는 전혀 알 수가 없었지만, 어쨌든 고개를 가로저었다.

"그러고 보니 요전에도 큰일이 벌어졌던 모양이던데. 여섯 공 주 녀석한테 트집을 잡혀서……. 혹시 그 녀석들이 또 뭐라고 그 러면, 나한테 말해. 다음에는 쫓겨나지 않게 해줄게. 뭐, 맡겨둬. 이래 보여도 난 높은 사람이거든."

선더 소니아는 빈약한 가슴을 폈다.

배시의 시선은 그 빈약하면서도 확실하게 존재하는 융기에 못 박히고, 입가는 자연스럽게 풀어졌다.

그것은 마치 선더 소니아의 자기 자랑을 배시가 쓴웃음 지으며 듣고 있는, 그런 식으로도 보이는 구도였다.

주변에 있는 이들도 "좋겠네, 선더 소니아 경. 배시 경이랑 대 화를 나눌 수 있어서"라며 부럽다는 듯 손가락을 빨고 있었다.

주변에서는 무어라 형용하기 어려운, 나쁘지 않은 분위기가 흐르기 시작했다.

"뭣하면 그 녀석들한테, 용사 레토와 싸웠을 때의 이야기를 해줘. 조금 늦었을지도 모르겠지만, 그러면 틀림없이 그 녀석들도 응어리를…… 응?"

선더 소니아가 그렇게 제안하려 했을 때, 행사장 안쪽에서 사람들이 술렁거렸다.

"오, 연설 시간인가 보네."

"뭐지? 이누에라 공주 말인가?"

"응? 뭐, 이누에라부터 하겠지. 하지만 토리카부토도 공주도 다들 할 거야."

이누에라 공주의 연설이 시작된다.

그 사실에 배시는 정신을 차렸다.

편지에는 『이누에라의 연설이 시작될 무렵, 성수 아래로 와주세요』라고 적혀 있었다.

이러고만 있을 수는 없었다.

"사실 공주의 연설 원고는 나도 거들었거든. 뭐, 대단한 건 아닌데, 레오나가 아무래도 불안하다고 그러니까, 조금 손을 봐줬어. 나도 이런 행사에서 연설을 할 기회는 많으니까, 그런 일은——."

"실례하지."

"이, 이봐? 어디 가는 거야? 연설 시작한다고? 아니 뭐, 딱히 안 들어도 상관은 없지만…… 아, 화장실인가! 참고 있었나?! 그건 미안하게 됐네! 건배사 전까지는 돌아와라!"

배시는 종종걸음으로 건물 안쪽, 크게 우뚝 선 성수를 향해 걷기 시작했다.

만에 하나라도 너무 기다리게 만들 수는 없었다.

ORC HERO
STORY

# 오크영웅이야기

## 촌 탁 열 전

# 9. 성수의 씨앗

비스트의 성수에 출입하는 것은 금지되어 있다.

하지만 왕족만큼은 별개다. 왕족은 허가 없이 성수로 접근하는 것이 허락된다.

그래서 실비아나는 맨살을 완전히 가린 캐럿을 데리고, 성수로 찾아왔다. 도중에 몇몇 위병과 맞닥뜨렸지만, 누구에게도 검문을 당하지는 않았다.

현재 실비아나는 캐럿이 성수에 기도를 올리는 것을 보고 있었다.

서큐버스의 기도를 보는 것은 처음이었다.

서큐버스라면 자유분방하고 음란한 이미지가 있다.

실제로 그것은 틀림없다.

대부분의 서큐버스는, 남자를 보면 뺨을 물들이고 사타구니를 적시며 다가간다.

그 모습은 다른 종족이 보기에 무척 칠칠치 못하고 이성이 없는, 외설스러운 존재로 보인다.

하지만 신앙까지 그러냐고 하면, 그렇지는 않은 듯했다.

캐럿은 안내받은 성수 앞에 무릎을 꿇고 후덥지근한 로브를 벗어던지더니 커다란 그 둥치에 입맞춤을 했다.

비스트의 기도 방법과는 달랐다.

혹시 신앙을 관장하는 비스트 신관이 본다면 사교도라고 단정했을지도 모르지만, 그 모습은 서큐버스라는 종족의 이미지에서는 상상도 할 수 없을 만큼 청렴하고 경건하게 보였다.

성수에 왕족만이 허락 없이 다가갈 수 있는 것에 특별한 이유는 없었다. 수상한 자가 성수에 상처를 입히거나 베어내거나, 그러지 못하도록 하려는 것이었다.

캐럿의 경우에는, 그럴 걱정은 없어 보였다.

성수를 상대로 경의를 드러냈고, 기도도 진지했다.

그녀는 정말로 그저 이 성수에 기도를 올리기 위하여 자신에게 접근한 것이라고, 그렇게 여겨졌다.

오랜만에 올리는 기도니까 시간은 걸리겠지만, 얼른 마치고서 배시를 기다리고 싶다는 것이 솔직한 심정이었다.

그렇게 생각하는데, 캐럿이 일어섰다.

"이제 괜찮을까요?"

"응, 충분해. 고마워."

하지만 돌아보는 캐럿의 손에는 본 적이 없는 물체가 있었다.

붉고 반투명한 구체. 조금 전까지는 없던 것이었다.

"그건?"

"당신한테는 관계없는 거야."

그렇게 말하는 캐럿의 표정은, 어딘가 실비아나를 바보 취급하는 것 같았다.

"……그 표정은 뭔가요."

"뭐라니, 뭐가?"

"당신의 그 표정, 무척 불쾌해요."

"아하하, 그것 미안하네. 원래 이런 얼굴이거든."

"어떤 표정을 짓든 상관은 없지만, 당신의 바람을 이루어 줬으니까 이쪽의 용건도 이루어 줘야겠어요."

"우후후. 그래, 물론이야. 자, 슬슬 오는 모양이네."

캐럿은 요염하게 웃으며 성수의 방 입구 쪽을 봤다.

그곳에는 커다란 그림자가 있었다. 휴먼이나 비스트로서는 불가능할 정도로 커다란 그림자.

그렇다고는 해도 오거보다는 작은 그림자.

오크였다.

하지만, 실비아나는 깨달았다.

무언가가 이상하다. 그 오크는 배시보다 살짝 커 보였다. 배시는 휴먼보다 다소 큰, 비스트라면 거한이라고 불릴 사람과 비슷한 크기였을 터.

하지만 그 오크는 배시보다도 한층 더 컸다.

그리고 무엇보다 이상한 점이 있었다.

색깔. 그 오크는 배시보다도 더 파랗게 보였다.

배시의 피부는 일반적인 오크와 마찬가지로 녹색이었을 터인데.

아니, 배시가 아니다. 다른 오크다.

"캐럿……?"

실비아나는 돌아봤다.

하지만 캐럿은 요염하게 웃을 뿐.

"……대체, 뭐죠?"

실비아나의 마음속이 불안으로 가득해졌다.

무언가 위험하다고 그녀의 척수가 알렸다.

"……!"

실비아나는 그 순간에 뛰어나가려고 했다.

하지만 그럴 수는 없었다. 정신이 들었을 때는 얼굴이 지면에 처박혀 있었다.

"어머나…….."

캐럿이 다리를 걸었다, 그 사실을 깨달았을 때, 그녀가 실비아나의 손을 뒤로 비틀고서 허리에 무릎을 얹고 있었다.

"무슨 짓을……! 이거 놔!"

"위에 올라탔을 뿐이라고? 그걸 뿌리치지도 못하다니, 운동부족 아니야?"

"누구 없느냐! 위병! 위병!"

"아무도 안 온다고? 도중에 마주친 위병한테는 저―언부 『매료』를 걸어뒀으니까."

완전히 얕잡아보는 그 말투에, 실비아나는 온몸에 힘을 실었지만 팔꿈치 관절은 완전히 붙들려 있었다.

실비아나는 신음을 흘리며 다리를 바동거릴 뿐이었다.

"나는, 네 부탁을 들어줬잖아!"

"그래, 덕분에 성수에 접근할 수 있었어. 내 하인도 들여올 수 있었고. 성수의 씨앗도, 여기 보시다시피."

캐럿은 붉은 구체를 공처럼 가지고 놀며 요염한 미소를 지었다.

"배신한 거야?!"

"그래, 스스로를 똑똑하다고 생각하는 멍청이를 말이지."

멍청이라는 말에 실비아나는 얼굴을 붉게 물들이고, 그러고는 점차 파랗게 질렸다.

분명히 자신이 주도권을 쥐었다고 생각했다.

배시를 함락시키기 위해, 최적의 방법을 골랐다고 생각했다.

"하지만, 자신을 책망하면 안 돼. 그게 말이지, 나는 『헐떡이는 목소리 캐럿』. 내 『매료』는 여자마저도 헐떡이게 만드는걸."

"……!"

"남자한테 걸었을 때 정도는 아니지만, 그래도 욕망을 증폭시키고, 이성을 잃게 만들고, 마음에 빈틈을 만들어내기에는 충분. 내 마법에 걸려서 눈앞의 미끼에 낚였을지라도, 그건 네가 그저 바보라서 그런 건 아니야. 그러니까 너무 자신을 책망하지는 마."

여자한테도 통하는 매료 마법.

그런 것이 있을 리는 없다.

마음속으로 그렇게 외치면서도, 확실히 평소였다면 조금 더 냉정한 판단도 가능했을 터였다.

이런 상황이 되지 않도록 포석을 깔아두는 정도는 했을 터였다.

앞뒤 생각하지 않는 성격인 것은 스스로도 알고 있지만, 처음부터 이 사람이 『좋지 않은 자』임은 깨닫고 있었으니까.

"나를, 어떻게 할 생각이야?!"

"딱히 어떻게 하진 않아. 그저 죽일 뿐……."

"큭……!"

실비아나는 날뛰었다.

하지만 구속은 풀 수 없었다.

어느샌가 실비아나 앞에 블루 오크가 서 있었다.

공허한 눈으로, 입가에서 침을 흘리며.

"그만해! 이거 놔!"

"하지만, 마음이 바뀌었어. 그냥 죽이는 걸로는 안 돼."

"어…… 설마……."

"우후후."

그 말에 실비아나의 얼굴에서 핏기가 가셨다.

이 블루 오크에게 자신을 범하도록 만들 생각인가.

배시에게 복수도 못 하고, 정체도 모르는 오크에게 능욕을 당하고, 최대한의 굴욕을 맛보고서 목이 잘린다.

그런 죽음은 싫다. 완전히, 개죽음이 아닌가.

"어째서 이런 짓을. 내가 당신한테 뭘 했다는 거야?!"

"배시 님……『오크 히어로』는 우리 서큐버스의 은인이야. 아니, 서큐버스만이 아니라 일곱 종족 연합의 어느 종족이든, 그분께 한 번은 구원을 받았지. 너 같은 계집애가 분풀이로 희롱해도 될 상대가 아니야. 알겠어?"

점차 캐럿의 목소리가 변했다.

낮고, 날카롭고, 증오와 분노가 담긴 목소리로.

"그런 분을 그딴 식으로 함부로 대하고, 하물며 함정에 빠뜨리려 했지. 절대로 용서하지 않겠어. 간단히 죽이진 않아, 상응하는 벌을 줘야지. 죽는 게 차라리 낫겠다고 생각할 벌을."

실비아나는 그때서야 간신히, 자신이 호랑이 꼬리를 밟았다는 사실을 깨달았다.

『오크 히어로』 배시.

세계 각지에 이야기가 남았고, 수많은 별명을 가졌고, 역전의 강자라면 모두가 두려워하고 모두가 존경하는 전장의 악마.

모두가, 말이다.

온갖 종족의 맹자들 모두가 그를 두려워하며 존경하는 것이었다.

그것은 다시 말해, 그가 온갖 전장에서 싸우고, 승리하고, 누군 가를 구했다는 이야기였다.

비스트 모두가 레토를 경애하듯, 일곱 종족 연합의 전사라면 모두가 배시를 경애하는 것이다.

그것은 서큐버스도 예외가 아니다.

"하지만, 역시나 배시 님이셔. 이국의 땅에 와서 이국의 공주님 과 데이트를 하게 되었는데도, 제대로 신사적으로 에스코트하실 수 있는걸. 에스코트 내용 자체야 무슨 잡지에 적혀 있을 법한 걸 그대로 따라했을 뿐이었지만, 애당초 오크한테 에스코트 같은 문 화는 없으니까 틀림없이 이번 같은 경우도 있을 거라 예상해서 공부하신 거겠지. 다른 오크와 다르게, 성실히 공부하시는 분이 란 말이지."

뺨을 물들이고 황홀하게 이야기하는 캐럿.

실비아나는 오싹한 심정으로, 시선만으로 주위를 두리번두리 번 둘러봤다.

어떻게든 이 상황을 빠져나갈 필요가 있었다.

구속은 풀 수 없었다.

캐럿······ 『헐떡이는 목소리 캐럿』.

전쟁에서 이름을 떨친 역전의 강자 중 하나. 얼핏 보면 단순한

치녀에 불과하지만 실력은 이미 검증되었다. 실비아나와는 피지컬 측면에서 너무나도 차이가 있었다. 설령 구속을 풀 수 있을지라도, 옆에 선 강인한 블루 오크를 어떻게든 처리할 방법이, 실비아나에게는 없었다.

그녀가 할 수 있는 일은 그저 말로 상대하는 것뿐이었다.

"그것만을 위해 날 범하고, 죽일 거야?! 그, 그랬다가는 배시가 화낼 거야!"

"어째서?"

"그 녀석은, 내게 손을 대지 않으려고 조심했어! 오크와 비스트가 전쟁을 벌이지 않도록 배려했지. 그렇다면 네 행동은 그의 의도에 반하는 거야!"

"아……."

"그래, 날 죽이면 전쟁이 벌어질 거야! 멸망할 거라고! 오크도, 서큐버스도!"

"무슨 말을 하는 거야? 그게 내가 바라는 거잖아? ……하지만, 그러네. 물론 그분은 화를 내실지도 모르겠어."

"이해했다면, 당장 이 구속을 풀어. 지금이라면 그냥 보내주겠어."

실비아나는 마음속으로 득의양양하게 웃으며 그렇게 말했다.

입가에는 옅은 미소가 들러붙어 있었다.

구속에서 벗어난 순간, 결혼식장에서 모두 폭로하고, 서큐버스와 오크의 함정에 빠져서 하마터면 능욕을 당할 뻔했다고 드높이 주장하려 계획하고 있었다.

"하지만 그분도 오크…… 내 이야기를 들으면, 틀림없이 내 편이 되어주실 거야. 그게 말이지, 오크가 너 같은 계집한테 속아 넘어갔는데 화내지 않을 리가 없는걸."

"다, 당신의 말을 믿을 거라고?"

"그럼, 전우인걸."

캐럿은 얼굴을 붉히며 그렇게 말하고 붉은 구체를 들어 올렸다.

"게다가, 딱히 배시 님을 아군으로 끌어들이는 것만이 목적이 아니라고?"

붉은 구체.

그곳에서는 무언가 성스러운 파동 같은 것이 나오는 것처럼 보였다.

생각해보면 캐럿은 성수에 입을 맞추기 전에는 저것을 가지고 있지 않았다.

어쩌면 성수에서 빼낸 것은 아닐까.

"……!"

그 생각에 실비아나는 오싹했다.

자신은 무언가 돌이킬 수 없는 잘못을 저지르고 만 것이 아닐까.

목적을 위해서는 수단을 가리지 않을 생각이었지만, 자신의 긍지보다 중요한 것을 망치려는 상황은 아닐까.

"이건 성수의 씨앗이라고 하는, 굉장한 파워를 가진 물건이야. 보통은 성수가 대체될 때에만 얻을 수 있는 거지만, 서큐버스의 에너지 드레인을 쓰면, 보시다시피."

"성수의 씨앗……? 그런 건, 어디에……?"

"사실은 비밀이지만, 특별히 가르쳐줄까."

캐럿은 실비아나의 귓가에 입을 가져다 대고, 속삭였다.

마치 연인과 함께 누워 있을 때처럼. 사랑한다고 말하듯이.

"게디구즈 님을 부활시킬 거야."

데몬 왕 게디구즈.

그가 있었기에 네 종족 동맹은 멸망할 뻔했다. 그가 사라졌기에 일곱 종족 연합은 패배했다. 그가 전쟁을 끝으로 이끌고, 그의 죽음이 전쟁을 끝냈다.

전쟁의 화신.

수천 년을 이어진 전쟁 가운데 가장 흉악하고, 가장 걸물이고, 그리고 가장 있어서는 안 되는 남자.

혹시 그가 되살아난다면…… 그것은…….

"그런, 그런 짓을 하면, 세계가……."

실비아나는 떠올렸다.

어릴 적의, 모든 일이 겁먹으며 살아야만 했던 그 시기를.

어둠 속에서 들리는 비명. 아침에 인사를 나누었던 시녀가, 다음 날 밤에는 사라진 적도 있었다.

하지만, 어느 날 그것이 끝났다.

엘프나 휴먼의 도움을 받고 용사 레토가 분투하여, 비스트는 다시 일어섰다.

그 이후, 실비아나는 비스트 공주에 걸맞은 생활을 손에 넣었다.

하지만 이번에는 그렇게 되지는 않는다.

이번에는, 데몬 왕 게디구즈는 쓰러뜨릴 수 없다. 그 걸물이 같은 실패를 되풀이 할 리가 없다.

이번에야말로 비스트는 멸망할 것이다. 그때처럼 내몰리고, 그러나 누구의 도움도 받지 못하는 채로. 결코, 다시 일어서지는 못하고.

왜냐하면 이제, 용사 레토는 없으니까.

"괜찮아. 너한테는 특등석에서 세계의 정세를 볼 수 있게 해줄게. 네가 가장 싫어하고, 가장 증오하는 오크의 아내로서 말이지……."

"서, 설마 날 배시한테……."

"무슨 소리야? 너 같이 성격 나쁜 여자가 배시 님의 아내로 어울릴 리가 없잖아?"

캐럿은 눈이 붉게 빛나고, 블루 오크가 움직였다.

"우후후, 하인에게 아내를 줄 수 있다니, 나도 주인으로서 참으로 만족스러워…… 가간. 해치워버려."

갑자기 구속이 풀리자 실비아나는 순간적으로 일어나려고 했지만, 그럴 수는 없었다. 곧바로 오크가 실비아나를 깔아뭉겠으니까.

오크는 공허한 눈빛이었지만, 그의 사타구니는 크게 부풀어 있었다.

실비아나의 미래를 암시하듯이.

"싫어! 이거 놔! 그만해!"

"우후후후후, 가간도 참, 기쁜가 보네. 아, 그리고 보니 하인으로 삼기 전, 공주님을 마구 범해서 몇 명이나 낳게 만드는 게 꿈이라고 그랬지…… 비스트는 다산이니까 잔뜩 낳아주겠네. 잘됐구나, 꿈을 이루어서."

"누가, 누가 도와줘!"

"안 들린다고. 여긴 왕궁 안쪽이고, 이 부근의 위병은 저—언부내 하인이 되어버렸어. 배시 님은 아직 안 오실 테고…… 어라? 아니면 혹시 숫처녀였나? 그러면 배시 님께 바치는 편이 나았을까…… 뭐, 신경 쓰실 분이 아니시지. 전쟁 중, 숫처녀 공주님 따원 질릴 정도로 안으셨을 테고……."

"누가, 누가아아아아!"

"시끄럽네, 그러니까 아무도 없다니까."

캐럿이 쿡쿡 웃은, 그때였다.


"아니, 여기 있는데."


그 말은 입구 쪽에서 들렸다.

캐럿이, 실비아나가, 가간이라고 불린 블루 오크가 고개를 들었다.

입구에는 한 남자가 서 있었다.

캐럿이, 기다리던 사람이 왔다며 미소를 지었다.

"어머, 무척 빨리 도착하셨네요, 배시 님. 우선은 이 상황을 설명해 드리고 싶은……."

하지만 그 말은 도중에 끊어졌다.

남자는 여성을 본뜬 가면을 쓰고, 악기를 들고 있었다.

피부는 휴먼처럼 희고, 체구는 휴먼처럼 작았다.

요컨대 휴먼이었다.

배시가, 아니었다.

"⋯⋯⋯⋯누구야?"

캐럿과 실비아나의 목소리가 동시에 겹쳤다.

남자는 그 말을 듣고 악기를 울렸다.

"사랑과 평화의 사자 에롤, 등장이올시다."

두루룽, 품위 없는 소리가 울려 퍼졌다.

# 10. 서큐버스의 외침

　갑작스러운 남자의 등장에, 이 자리에는 흥이 깨졌다는 분위기가 흘렀다.

　흘리는 것은 주로 캐럿이었다.

　"……허어? 결혼식 여흥으로 부른 광대일까? 행사장은 여기가 아니라고?"

　"스스로도 이상한 짓을 한다는 자각은 있지만, 광대는 아니야."

　에롤은 어흠 헛기침을 하고 "아─ 아─"라며 목소리를 낸 뒤, 또다시 악기를 울렸다.

　꾸엑, 돼지의 단말마 같은 소리가 주위에 흘렀다.

　음유시인의 노래라도 시작하느냐며 두 사람은 경계했지만, 그러나 시작된 것은 노래가 아니었다.

　"『헐떡이는 목소리 캐럿』. 널 쫓고 있었어."

　"흐응? 열성적인 팬? 가끔씩 있거든. 나한테 먹히고 싶어 하는 아이……."

　"게디구즈를 부활시키려고 하는 세력이 결혼식에 무언가를 준비한다는 정보를 들어서, 계속 찾고 있었지. 성수 근처의 위병에게 『매료』가 걸린 걸 못 알아차렸다면 여기까지 다다르진 못했을지도 몰라…… 때를 맞춰서 다행이네."

　"……정말로, 누구야?"

　캐럿을 경계 태세를 굳히며 실비아나 옆까지 돌아갔다.

에롤은 한 걸음 앞으로 나섰다.

"캐럿. 너는 서큐버스의 영웅으로서, 나라에서 상응하는 지위에 있을 텐데."

"우후, 질문에 대답해주진 않는구나. 싫지 않아, 그런 억지스러운 남자."

"어째서 너는, 이런 평화로운 시대에 게디구즈를 부활시켜서 혼란의 시대로 되돌리려 하는 거지?"

온화한 미소를 짓고 있던 캐럿은 그 말을 듣고 뚝 멈췄다.

"평화? 평화라고 했을까?"

캐럿은 코웃음을 치고는 한손을 펼쳤다.

에롤의 눈에 캐럿의 아름다운 몸이 비쳤다.

참으로 선정적인 복장이었다. 서큐버스임을 몰랐다면, 휴먼 남자라면 누구라도 그녀에게 고스란히 빨려들고 말았을 것이다.

"이 옷, 어울리지?"

"그래, 무척. 눈에 해로울 정도야."

"그렇지? 나도 마음에 들거든. 하지만…… 당신은 알아? 루니아스 조약 제16조."

그것은 유명한 조약이었다.

"……서큐버스는, 다른 나라에서 맨살을 드러내어서는 안 된다."

"그래, 그 법 덕분에 우리는 우리가 좋아하는 옷을 입는 것조차 금지당했어."

"하지만 그 법은 음부를 드러내는 걸 금지했을 뿐일 텐데."

"허, 어디에 그렇게 적혀 있지? 맨살이라면 맨살이야. 가슴도 어깨도 팔도 등도 다리도, 머리카락이나 손끝조차 당신들이 맨살이라 그러면 맨살이야! 다른 나라로 나가면, 머리카락도 얼굴도 가려야 해! 그리고 루니아스 조약 제17조!"

"⋯⋯서큐버스는 공공장소에서 남성을 함부로 유혹해서는 안된다."

"그거 알아? 『안녕하세요』라는 인사는, 유혹에 해당한다던데?!"

"⋯⋯."

"우리는! 공공장소에서 다른 종족의 남성한테 말을 건네는 것조차 금지당했어!"

캐럿의 목소리가 점점 커졌다.

이윽고 그것은 고함이 되어 캐럿의 입에서 튀어나왔다.

"나라에서는 모두가 굶주리고 있어! 노인이나 젊은이만이 아니야! 전후에 태어난 아이들도, 만족스럽게 식사도 못 하고서 죽고 있어! 그게 그렇잖아! 우리 식량은, 당신들의 재량 하나로 결정되니까."

"그건⋯⋯ 너희가 전후 1년 만에 범죄자를 너무 함부로 다뤄서 죽여버린 탓이잖아."

"죽이고 싶어서 죽인 게 아니야! 당시의 우리한테는, 정기 노예한테 만족스럽게 식사를 줄 수 있을 정도의 여유도 지식도 없었어! 그리고 너희들의 어느 나라도, 지원 따윈 해주지 않았지!"

"그건, 어느 나라든 여유가 없었으니까."

"아니야! 당신들이 보낸 게, 나라에서 골칫덩어리가 된 범죄자였으니까! 죽든지 살든지 아무래도 상관없었으니까!"

"……"

"그렇게 현재 상황을 견디고 일방적으로 정해진 규율을 지켜도, 서큐버스라는 것만으로 경계하고 차별당하지!"

"……"

"그게 어디가 평화야? 평화로운 건, 네 종족 동맹 녀석들뿐이잖아! 서큐버스는 지금 절멸의 위기에 처했다고?"

"알았어. 나라의 상층부와 교섭해서, 너희 나라에 봉사 활동을 가도 된다는 자를 찾──."

"웃기지 마!"

캐럿의 외침이, 성수의 방에 울렸다.

에롤은 말을 잃었다.

캐럿의 눈에 눈물이 고여 있었으니까.

"나, 1년 동안 전 세계를 돌아다녔어. 각국에, 조금이라도 사람을 나누어줄 수 있도록 부탁하러 갔던 거야. 머리를 숙이고, 성심성의껏 부탁했어. 하지만…… 있잖아, 휴먼. 에롤이라고 했던가, 당신네한테 갔을 때, 무슨 소리를 들었을 거라 생각해? 무슨 대우를 당했을 거라 생각해?"

에롤은 대답할 수 없다. 에롤은 모른다. 에롤은 아무것도 모른다.

하지만 아는 것도 있다. 휴먼이든 엘프든, 서큐버스는 꺼린다. 특히 여성들은 벌레처럼 혐오한다.

오크와 쌍벽을 이룰 정도로.

그런 서큐버스는, 공공장소에서 남성과 대화하는 것을 금지당했다.

각국의 상층부는 서큐버스 담당관을 두어 그에 대응하고 있다.

그리고 휴먼 측의 담당관은, 서큐버스 혐오로 유명한 여성이다.

무슨 소리를 들었는지는 알 수 없다, 무슨 대우를 당했는지는 알 수 없다.

하지만 사람으로서의 존엄을 지킬 수 없었을 가능성은 너무나도 충분했다.

"그건, 미안하네. 그녀 대신에 내가 사죄하지."

"아무래도 상관없어. 머리를 숙인다고, 배가 부른 건 아니야. 게다가 당신네 나라만이 아닌걸. 드워프는 그래도 나았지만, 엘프도 휴먼이나 마찬가지로 지독했고…… 비스트도 지독했지."

캐럿은 그러더니, 블루 오크가 짊어진 실비아나의 머리에 손을 얹었다.

가는 팔이지만, 서큐버스는 마법으로 근육을 강화할 수 있다.

실비아나의 머리 따위는 간단히 으스러뜨릴 수 있을 것이다.

"나, 이 성수로 들어오려고 처음에는 정면으로 당당하게 부탁하러 갔거든? 저는 사냥의 신을 믿는 서큐버스입니다. 부디 한 번이라도 좋으니까 성수에 기도를 올리게 해주세요…… 그랬더니 무슨 소리를 들었을 것 같아?"

케럿의 손에 힘이 실렸다.

"너같이 더러운 종족이 사냥의 신을 믿는다니 추잡해, 라고? 서큐버스는 신앙조차 부정당하는 거야!"

"그만해!"

"……괜찮아, 안 죽여. 지금은 아직."

실비아나의 머리가 으스러지는 일은 없었다.

"서큐버스의 상황은 알았어. 지금 당장 어떻게든 할 수 있도록 움직여볼게. 그러니까……."

"아하하! 이미 늦었다고! 당신의 소꿉놀이에 어울려줄 여유는 없어! 아, 그렇지, 그렇게까지 말한다면 당신이 서큐버스의 나라로 와주겠어? 다 같이 잔뜩, 다정하게 대해줄게."

"미안하지만 그럴 수는 없어. 나한테는 책임이 있어. 하지만, 어떻게든 하지. 약속할게. 확실히 늦어 버렸을지도 모르고, 너한테는 소꿉놀이처럼 보일지도 모르겠지만, 나는 진심으로 세계 평화를 지향하고 있어."

"1년 전에 그렇게 말해줬다면, 나는 당신을 모시며 첩이라도 되었을 테지만…… 이미 늦었어."

캐럿은 그렇게 말하더니 실비아나의 머리를 놓고, 또다시 걸음을 내디뎠다.

"이야기는 끝이야."

"끝났다면, 어떻게 할 거지? 여기서 도망칠 수 있을 거라고 생각해?"

"도망치는 건 간단해. 그 문으로 나가서, 당당하게 걸어가는 것뿐이야."

"내가, 그걸 허락할 거라고?"

"어머나, 허락해주지 않을 거야? 하지만 허락해주지 않더라도, 억지로 지나가면 그만이야."

"날 상대로, 그럴 수 있다고?"

"허어…… 가간, 이 건방진 도련님을 치워버려."

캐럿의 말에 블루 오크가 움직였다.

도끼를 들고서 에롤에게 다가갔다.

가간.

『푸른 천둥의 가간』.

전장에서 누구보다도 빠르게 워크라이를 터뜨리고, 누구보다도 빠르게 전장을 달린 역전의 전사.

눈이 번쩍 뜨일 것 같은 푸른색 피부는, 메이지도 아닌데 건드린 것의 온도를 떨어뜨린다.

강한 냉기 내성과 동시에 강한 화염 내성까지도 가진, 혜택받은 오크.

종전까지 살아남은 여덟 대대장 중 하나.

"그런가, 안타깝군."

에롤은 허리춤의 검에 손을 댔다.

그 순간, 검에서 불꽃이 일어났다. 검을 뒤덮고 있던 누더기가 불타서 떨어지고, 진정한 모습이 드러났다.

"……그 검은!"

캐럿이 숨을 삼켰다.

그것은 모두가 아는 검이었다.

황금색 자루에 태양의 문장이 새겨지고, 중앙에는 붉은 보석이 박혀 있었다.

도신은 백은색으로 빛나고, 주위를 아지랑이가 감쌌다. 그 칼의 아름다움은, 신성함은 보는 이 모두의 시선을 빼앗았다.

검의 이름은 태양.

『태양의 보검』. 휴먼 왕가의 보구 중 하나.

그 검은 모든 것을 불태우고, 소유자를 승리로 이끈다.

"다시금 소개하도록 하지……."

에롤은 뽑았다. 『태양의 보검』을.

그 순간, 세계가 바뀌었다. 하늘을 뒤덮은 먹구름이, 순식간에 소멸되었다.

개었다. 푸른 하늘이 세계를 지배했다.

에롤은 가면을 벗었다. 그 아래에서 드러난 것은, 단정한 얼굴의 휴먼 남자.

갸름한 얼굴, 날카로운 눈매. 상처 하나 없는 그 미모는, 전장에서 단 한 번도 얼굴에 검이 닿은 적이 없었음을 의미했다.

그는 말했다.

"내 이름은 나자르 리샤 가이니우스 그란도리우스! 휴먼 왕가의 둘째 왕자이자 『태양의 보검』을 계승하는 자!"

나자르. 휴먼 왕자 나자르.

또 다른 이름은 『내천(來天)의 왕자』.

휴먼 최강의 검사이자 데몬 왕을 쓰러뜨린 영웅.

그가 가는 길은 태양의 환한 빛이 비추는 길.

"그리고, 너희의 야망을 타도하고 이 세계에 진정한 평화를 가져오는 자다!"

"안 돼! 가간, 물러나!"

캐럿의 말은, 늦었다.

아니, 혹시 평범한 상대였다면 늦지는 않았을 것이다. 가간은 우수한 전사. 그 말을 듣고서 물러날 수도 있었을 것이다.

하지만 상대는 나자르였다. 손에 든 것은 『태양의 보검』이었다.

가간은 명령대로 몸을 물리고자 오른발에 힘을 실어 백 스텝을 밟으려고 했다.

오른쪽 절반만이, 뒤로 물러났다. 왼쪽 절반은 그 자리에 남아 있었다.

블루 오크의 거대한 몸은 세로로, 둘로 쪼개졌다.

균형을 잃고 쓰러지기 시작하는 몸을, 불꽃이 감쌌다.

불꽃은 순식간에 상처를 불태우고 블루 오크의 몸을 태웠다. 몸이 완전히 쓰러졌을 때, 그 육체의 소유자가 푸른 피부를 가졌다고 판별할 수 있는 자는 사라졌다.

"……가간!"

캐럿의 비통한 외침이 울려 퍼졌다.

오크는 대답하지 않았다. 『태양의 보검』의 일격은, 높은 마법 내성을 지니지 않았다면 확실하게 죽음을 선사한다. 회복 마법이나 소생 마법조차 허락하지 않는 압도적인 힘.

데몬 왕 게디구즈를 죽음에 이르게 한 일격이었다.

"……캐럿, 항복해. 나쁘게 대우하진 않겠어."

"……."

캐럿은 대답하지 않았다.

그 대신에 담담한 표정으로, 기어서 도망치려고 하는 실비아나를 짓밟아서 움직임을 막았다.

"할 리가 없잖아?"

"상대가 나라는 걸 알고서도 싸울 생각인가?"

"그야, 에롤의 정체가 왕자님이라서 놀랐지만…… 내가 도망칠 이유가 없다는 거, 당신도 자~알 알겠지?"

"……글쎄, 모르겠군."

"여유 부리고 있지만, 마음속으로는 부들부들 떨고 있잖아? 그때처럼 다정하고 강한 누님이 지켜주진 않는다고?"

"……나도, 그때보다는 강해졌어."

나자르는 그렇게 말하며 검을 들었다. 자세를 낮추고, 깊숙이 다리를 내디디려 하고…….

캐럿의 눈동자가 붉게 빛났다.

"……윽!"

나자르의 움직임이 멈췄다.

"『매료』……인가……!"

"어머나, 굉장한 마법 내성이네. 진심으로 했는데."

"천성적으로, 마법 내성에는, 자신이 있어서, 말이야……."

말투는 가볍지만, 나자르는 움직일 수 없었다.

그뿐만 아니라 표정이 고통으로 일그러지고 이마에는 비지땀이 잔뜩 맺혔다.

"음, 가간이 죽어버린 건 쇼크지만, 휴먼 왕자 나자르가 손에 들어왔어. 아주 손해를 본 건 아니야."

"……내가, 그렇게 간단히 네 수중에 떨어질 거라고?"

휴먼 남자와 서큐버스의 상성은 최악이다.

하물며 상대가 『헐떡이는 목소리』라면, 승산이라고는 5퍼센트나 될까 말까.

"떨어져. 내 『매료』가 통하지 않는 남자 따윈 없으니까……."

캐럿의 안광이 강해졌다.

그 순간, 나자르가 가진 『태양이 보검』이 더욱 밝게 빛났다. 그와 동시에 나자르의 목에 걸려 있는 보석이나 팔찌, 신발 등등도 빛나기 시작했다.

캐럿의 붉은 빛이 다시 잦아들었다.

"대체 내성 장비를 얼마나 가지고 있는 거야. 용의주도하네. 아니면, 휴먼은 그만큼 여유가 있다는 승전국 자랑?"

"……이런, 사태도 있을까, 싶어서 말이야."

나자르는 고통스러운 표정을 지으면서도 검은 놓지 않았다.

캐럿이 다가가서 끝을 내려고 하면, 혹은 그의 옆을 지나서 출구로 향하려고 하면, 그는 힘을 짜내어 혼신의 검격을 가할 것이다.

자신의 죽음도 불사할 각오의 그 일격을, 캐럿은 회피할 자신이 없었다.

캐럿이 회피할 수 있을 정도의 실력이라면, 이 왕자님은 진즉에 전쟁에서 목숨이 다했을 테니까.

그렇지만 나자르 역시도 자신이 나서서 일격을 날릴 만큼의 여유는 없었다.

일촉즉발 그대로, 시간만이 지나갔다.

"교착 상태인가, 이건 곤란하네."

그러는 나자르의 표정에 초조함은 없었다.

실비아나가 살해당하는 것은 곤란하지만, 이 상태가 이대로 이어진다면 언젠가 식장에도 이 이변이 전해질 것이다.

오늘은 감이 날카로운 사람도 몇 명인가 와 있고, 그곳에는 선더 소니아도 있다.

선더 소니아는 캐럿의 천적이다.

전쟁에서 선더 소니아가 캐럿과 직접 상대한 전투에서는, 선더 소니아는 모두 압도하며 승리했다고 들었다.

시간을 번다면 승리는 확실. 그런 생각으로 철저하게 기다리고 있었다.

"그렇군, 시간을 벌면 선더 소니아 쪽에서 알아차리고 원군이 온다든지 그런 생각이구나."

캐럿이 웃었다.

"하지만 다음에 오는 게, 당신의 아군이라 단정할 순 없다고?"

캐럿이 그렇게 말한 다음 순간, 에롤은 등 뒤에서 기척이 다가오는 것을 깨달았다.

강력한 기척.

한 걸음 걸을 때마다, 자신보다 수십 배는 커다란 포식자가 다가오는 것 같은 공포가 커졌다.

한 걸음, 또 한 걸음 다가왔다.

결코 느리지는 않았다. 마치 사냥감을 포식하는 것이 기다려진다는 듯 가볍게, 빠르게.

여하튼 긴장감이 높아졌다.

실비아나를 제외하면 모두가 그 발소리를, 기척을 알고 있었다.

그리고 그 기척이 바야흐로 지금 고개를 내밀고…….

"아, 당신, 여기에요."

그때 훌쩍 얼굴을 내민 것은, 한 마리 페어리였다.

한순간 맥이 빠졌다.

뭐야, 페어리냐고.

하지만 다음 순간에는, 모두가 다시금 정신을 차렸다.

이곳에 있는 모두가 그 페어리를 알고 있었다.

그가 나타났을 때, 반드시 척후로서 페어리가 나타난다. 때로 그 페어리는 간단히 붙잡혔기에 이렇게 불렸다.

『미끼 젤』.

그리고 미끼에 걸려들면, 반드시 녀석이 나타난다.

"그래."

천천히, 그 녀석이 모습을 드러냈다.

녹색 피부, 오크치고는 작지만 탄탄하게 근육이 잡힌 육체.

그 육체는 비스트 정장을 입고, 트레이드마크라고 불러야 할 견고한 대검도 짊어지고 있지는 않지만, 압도적인 강자의 기척은 변함이 없었다.

『오크 히어로』 배시.

"설마…… 너도 그녀의 아군인가……?"

에롤의 혼잣말은, 그의 식은땀과 동시에 나왔다.

# 11. 평화의 사자

나자르 가이니우스 그란도리우스.

휴먼 왕가 그란도리우스의 셋째 아들이자 둘째 왕자. 휴먼 최강의 검사이자 데몬 왕 게디구즈를 쓰러뜨린 내천의 왕자.

틀림없는 영웅이다.

그런 그의 인생은 영광으로 채색된 것……이 아니었다.

그의 인생 최초의 장면은 패배에서 시작되었다.

나자르에게는 누나가 있었다.

리샤 가이니우스 그란도리우스.

쌍둥이 누나로, 지극히 우수했다.

나자르에게 기억도 분명하지 않은 갓난아기 때부터, 나자르는 그녀에게 계속 패배하며 자랐다.

우선 태어났을 때, 나자르는 리샤 다음에 태어났다.

어머니의 젖을 먼저 빤 것도, 기어 다니기 시작한 것도, 두 다리로 선 것도 모두 누나가 먼저였다.

검을 휘두르기 시작했을 무렵에는, 주변의 사람들이 확실하게 알 수 있을 만큼 차이가 나타나기 시작했다.

검 실력도, 다리의 속도도, 학문도.

나자르는 무엇 하나 누나에게 이기지 못했다.

다만 나자르에게 재능이 없었던 것은 아니다.

단 하나, 혹은 한 걸음 누나에게 미치지 못했을 뿐, 혹시 리샤가 태어나지 않았다면 나자르는 휴먼 사상 최강의 존재가 되었을 것이다.

당시의 휴먼 왕, 나자르의 조부였던 남자는 두 사람을 차별 없이 기르도록 나자르의 아버지에게 명령했다.

이 쌍둥이가 전쟁의 행방을 바꾸어줄 것이라 굳게 믿고.

그 약속은 지켜져서 나자르와 리샤는 똑같이 자라고, 그리고 최강의 쌍둥이가 되었다.

리샤는 휴먼 왕가의 비보인『뇌운의 보검』을, 나자르는『태양의 보검』을 각자 계승했다.

『강천(降天)의 공주』와『내천의 왕자』.

그 이름을 들으면, 명성 있는 적장일지라도 몸을 떠는 존재가 되었다.

나자르에게 열등감이 없었다고 한다면 거짓말이다.

하지만 그런 것을 신경 쓸 수 없을 정도로 당시의 전황은 좋지 않았다.

오히려 누나라는 절대적으로 신뢰할 수 있는 존재가 있다는 사실이 든든했다.

사이가 나빴던 것은 아니다. 두 사람은 항상 함께 있었고, 같은 것을 먹고, 같은 것을 보고, 비슷한 농담을 하고, 비슷하게 함께 웃었다.

나자르는 리샤에 대해 모든 것을 알고 있었다.

그러니까 열등감을 원인으로 무언가가 벌어지는 일 따위는 없었다.

다만 그것이 계속 이어진 것은 아니었다.

　리샤는 나자르보다 반드시 한 걸음 앞을 가는 여자였다. 나자르보다 한 걸음 앞서 전장으로 가고, 나자르보다 하나 더 많은 적을 쓰러뜨리고, 나자르보다 하나 더 많은 아군을 구했다.

　그리고 나자르보다 빨리 죽었다.

　격전지가 된 전장에서 아군을 살려 보내기 위해 소수의 결사대와 함께 남고, 그리고 돌아오지 않았다.

　시체를 본 것은 아니었다.

　리샤는 우수한 여성이니까 틀림없이 무사히 도망쳐서 어딘가에 살아있다고, 모두가 말했다.

　하지만 그 후에 적군이 『휴먼 공주 리샤를 물리쳤다』라며 선전하고 그들의 사기도 올라갔기에, 모두가 절망했다.

　리샤는 틀림없는 휴먼의 희망이었던 것이다.

　나자르는, 자신은 다음 전장에서 죽으리라 확신했다.

　이제까지 계속 그랬으니까.

　한 걸음 늦어지기는 했지만, 리샤가 할 수 있는데 자신이 못 하는 일은 없었다.

　리샤에게 벌어지고 자신에게 벌어지지 않는 일도 없었다.

　그러니까 죽는다. 그런 것이다.

　그렇게 생각하고 다음 전투에 임했다.

　그리고 살아남았다. 레미엄 고지 결전에서, 데몬 왕 게디구즈를 쓰러뜨리고.

　그 후로의 전투는 어쩐지 꿈을 꾸는 것 같았다.

승리에 잇따른 승리. 두세 번의 패전은 있었지만 대세에 영향은 없었다.

어느샌가 나자르는 휴먼의 왕자, 게디구즈를 쓰러뜨린 영웅으로서 명성을 떨치고…… 리샤의 이름은 사람들의 기억에서 거의 사라졌다.

아니, 대부분의 사람들이 들으면 떠올릴 테지만, "아, 그런 사람도 있었구나" 그 정도였다.

어느 나라의 영웅이라도 죽고 다음 영웅이 나타나면 과거의 사람이 된다.

용사 레토처럼 다음 영웅이 나타나지 않는다면 길게 기억에 남기도 하지만, 대부분은 죽인 사람의 기억에만 남고 그자를 칭송하는 시에만 등장한다.

하지만 나자르는 기억했다.

리샤와 이야기한 나날의 일을. 그녀가 죽기 전날에 나눈, 황당무계한 이야기를.

나자르가 상상도 못 하고 그저 멍하니 들었던, 꿈의 세계의 이야기를.

모든 종족이 손을 맞잡는, 다툼과는 관계가 없는 세계의 이야기를.

그러니까 전쟁이 완전히 네 종족 동맹의 우세로 기울었을 때, 나자르는 어떤 결의를 했다.

리샤가 이야기한 꿈을 실현하자고.

세계를 평화롭게 만들자고.

그러니까 나자르는 누구보다도 빠르게, 화평이라는 안을 꺼낸 것이었다.

그렇기에 나자르는 『나자르 **리샤** 가이니우스 그란도리우스』인 것이다.

그는 나자르이자, 리샤이자, 세계 평화를 꾀하는 사람이니까.

■　■　■

그리고 3년.

나자르는 세계 평화를 위해서 분주히 움직였다. 각국을 돌아보고, 분쟁의 씨앗을 꺾으며 걸었다. 나자르의 이름을 사용해서, 대대적으로.

하지만 휴먼 왕자 나자르의 이름은 불필요한 소동을 낳았다.

나자르의 활동을 핑계로 사리사욕을 채우는 사람이나, 나자르의 귀에 들어가지 않도록 뒤에서 몰래 움직이기 시작하는 사람, 왕자가 놀이 삼아 다른 나라를 돌아다닌다고 야유하는 사람, 다양한 사람이 나타나기 시작했다.

그래서 도중부터, 사랑과 평화의 사자 에롤이라고 이름을 바꾸었다.

그럼에도 나자르의 이름을 사용해야만 할 때는 많았다.

에롤의 이름으로는, 사람들은 따르지 않는다. 정보도 모이지 않고, 움직임은 둔해진다.

그래서 평소에는 에롤로서 행동하고, 필요할 때만 나자르를 꺼냈다.

밤낮없이 나자르는 계속 움직였다. 대화로 해결할 수 있을 때에는 대화로, 그렇지 않을 때에는 실력 행사로.

솔직히 실력 행사가 될 때가 많았다.

전쟁에서 승리한 네 종족 동맹은 일곱 종족 연합의 나라들을 먹잇감으로 삼고, 이권을 얻은 사람은 그것을 놓으려 하지 않았다. 완전한 평화를 목표로 하는 나자르는 그것을 바로잡으려 하고, 휴먼의 권력자들은 그를 미워하고 꺼려했다.

각국의 상황이 나빠지고 있다는 것은 알았지만, 나자르의 이름을 사용해도 손에 들어오지 않는 정보가 늘어났다.

수도 없이 암살당할 뻔했다.

나자르를 거북하게 생각하는 사람들은 그를 죽이려 했고, 나자르에게는 그런 상대와 맞서는 것 이외의 선택지는 없었다.

하지만 죽이더라도 다음 문제가 부상할 뿐이었다.

전쟁은 끝났을 터인데도, 나자르의 손은 항상 피로 더러웠다. 나자르는 평화가 무엇인지 더는 알 수가 없었다. 애당초 나자르는 전쟁밖에 모른다. 무엇을 어떻게 하면 평화에 가까워질 수 있는지도 모른다. 모든 것이 어림짐작이었다.

그 어림짐작에도 점점 지치고 있었다.

어차피 리샤가 입에 담은 것은 꿈같은 이야기라고, 마음속 어딘가에서는 포기하려던 참이었다.

그런 그의 귀에, 어느 정보가 들어왔다.

『데몬 왕 게디구즈를 부활시켜 전쟁을 재개하려는 녀석이 있다.』

데몬 왕 게디구즈.

그가 얼마나 강한지는, 실제로 싸운 나자르는 잘 알고 있었다.

하지만 개체로서의 강함은 아무래도 상관없다. 그만큼 강한 사람은, 전쟁을 돌이켜보면 썩어 넘칠 만큼 존재했을 것이다.

데몬 왕 게디구즈의 무시무시한 점은 힘 이외의 전부였다.

혹시 게디구즈가 부활하여 전쟁이 재개된다면, 이번에야말로 네 종족 동맹은 멸망할 것이다.

어쩌면 일곱 종족 연합 역시도 몇 종족은 사라지게 될 것이다.

그 결과, 틀림없이 평화로워지기는 할 것이다. 게디구즈의 지배 아래, 세계는 하나가 될 것이다.

하지만, 그것은 아니다.

나자르 리샤 가이니우스 그란도리우스가 목표로 하는 평화는, 모든 종족이 웃으며 살 수 있는 세계니까.

리샤가 그렇게 이야기했으니까.

그렇기에 나자르는 그것을 저지할 생각이었다.

그 때문에 소규모 분쟁은 벌어질지라도, 최선을 다해서 적의 계획을 짓뭉갤 생각이었다.

그것이 진정한 평화로 가는 행동이라고, 가슴을 펴고서 말할 수 없을지라도.

그 정도라면 자신도 할 수 있으리라 확신을 가지고.

■

나자르는 휴먼의 왕자.

자타공인 휴먼 최강의 검사. 하지만 그런 그일지라도 승산이 희박한 상대가 몇 명인가 있다.

우선 『헐떡이는 목소리』 캐럿.

전쟁 중에 그녀와 상대한 것은 세 번.

나자르는 세 번 모두 패배했고, 누나인 리샤의 도움을 받았다.

리샤는 캐럿을 압도하고 금세 퇴각으로 몰아붙였다.

리샤와 캐럿 사이에는, 리샤가 패배할 가능성을 느낄 수 없을 정도의 차이가 있었다.

리샤가 나자르보다 강하다고는 해도 고작해야 한 수, 한 걸음.

그렇다면 나자르도 캐럿과 제대로 싸울 수만 있다면 아마도 이길 수 있을 테지만, 『매료』의 존재가 그것을 허락하지 않았다. 나자르와 캐럿은 승부 자체가 되지 않았다. 일방적인 포식 활동이 펼쳐질 뿐이었다.

그렇기에 나자르는, 그리고 휴먼 왕가는 계속해서 서큐버스를 상대로 대책을 짰다.

일대일이라면 승부가 될 정도로는.

하지만…….

"설마…… 너도 그녀의 아군인가……?"

『오크 히어로』 배시.

나자르가 그와 상대한 것은 두 번.

첫 번째는, 그다지 위협으로 인식하지는 않았다. 애당초 제대로 싸운 것이 아니었으니까. 그때 휴먼군은 철수하는 도중이었고, 배시는 다수의 위협 중 하나에 불과했다.

그리고 당시의 배시보다 위험도가 높은 상대는 다수 존재했다.

나중에서야 "그러고 보니 그때, 다른 녀석들보다 강한 그린 오크가 있었다. 그게 배시였나"라고 알아차릴 정도였다.

두 번째는 잊을 수도 없다.

데몬 왕 게디구즈를 쓰러뜨린 직후.

녀석은 나타났다. 피투성이 모습으로, 압도적인 존재감을 가지고, 압도적인 절망감을 전하러 왔다.

게디구즈 왕을 쓰러뜨린 직후, 나자르는 깊은 부상을 입었고, 선더 소니아는 기절했고, 도라도라도반가는 사망했다.

용사 레토만이 싸울 수 있었고, 그 레토도 제대로 싸울 수 있다고는 할 수 없는 형편이었다.

그리고 나자르는 철수, 레토는 사망했다.

나중에서야 그 오크가 다수의 별명을 가진 괴물임을 알았다.

레미엄 고지 결전에서 드래곤을 물리친 용사임을 알았다.

그리고 게디구즈가 죽은 뒤로 종전까지의 수년 동안. 그의 소문을 들을 때마다, 언젠가 자신이 결판을 지을 것이라 생각했다. 이길 수 있을 것 같지는 않았지만, 그때 선더 소니아를 떠메고서 철수한 자신이 마무리를 지을 수밖에 없다고 생각했다.

하지만 그 전에 전쟁은 끝났다.

나자르가 끝을 냈다.

오크 나라와의 화평 회담에도 참가해서, 배시 근처에서『피투성이 리리』의 연설을 듣고, 배시가 지켜보는 가운데 조인식을 했다.

회담 당시에 배시는 다른 오크들 사이에서도 특히 멋지고 특히 사나워서, 평화와는 인연이 없는 존재로 보였다.

그렇지만 그날, 더는 그와 싸울 기회가 찾아오지는 않으리라고, 그렇게 생각했다.

그렇게 믿었다.

"아군, 이냐고……?"

하지만 지금, 무시무시한 얼굴로 나자르와 캐럿을 번갈아서 바라보는 배시를 보고, 그 생각을 부정했다.

애당초 그 이야기는 무리였다.

모든 종족의 평화라니.

캐럿이 호소했듯이, 패전국에서는 힘겨운 상황이 이어지고 있었다.

승전국의 유력자가 토실토실 살찌는 가운데, 패전국 중에서도 특히 미움을 받던 종족은 비쩍 말라서 학대당하고 있었다.

그리고 그런 상황에 만족하지 못하는 자가 출몰하며 각국에서 악행을 저지를 때마다, 상황은 악화되었다.

캐럿은 노력한 모양이지만, 이루지 못했다.

휴먼에게 왔을 때, 나자르와 만날 수 있었다면 어떻게든 해줄 수 있었을 것이다. 정말로 미미한 일일지도 모르지만, 나자르로서 움직였다면 식량을 조금 정도는 융통할 수 있었을 것이다.

하지만 휴먼의 유력자가 서큐버스 따위와 영웅 나자르를 만나게 해주는 우를 저지를 리도 없고, 나자르에게 전해지기 전에 호소는 묵살당했다.

나자르는 각국을 돌았지만, 그럼에도 서큐버스의 나라가 그렇게까지 몰려 있을 줄은 몰랐다.

나자르는 오크 나라의 상황을 잘 아는 것은 아니었다.

외교를 거의 하지 않는 오크의 정보는, 서큐버스 이상으로 들어오지 않았다.

하지만 나자르가 모르는 곳에서 일곱 종족 연합은 점점 쇠퇴하고 있었다.

오크는 서큐버스 이상으로 외교가 서투른 종족이다. 각국에 먹잇감이 되더라도 이상하지는 않았다. 그 증거로, 예의『푸른 천둥의 가간』은 흉악한 추방자 오크로서 지명수배되어 있었다.

그렇다, 살아남은 몇몇 긍지 높은 대대장조차, 나라의 상황에 만족하지 못하여 뛰쳐나오고 추방자가 된 것이다.

솔직히 배시가 여행에 나섰다는 정보를 들었을 때에는 간담이 서늘했다.

『오크 히어로』라고 불리는 자가 추방자가 되었다면, 오크의 나라가 붕괴하리라 예상할 수 있었던 것이다. 하지만 배시가 각국에서 추방자 오크나, 오크가 문제시하는 존재를 배제한다는 이야기에 가슴을 쓸어내렸다.

엘프가, 휴먼이, 드워프가 바로 그『오크 히어로』덕분에, 오크의 긍지를 이해하고 의식을 바꾸어준 것이 기뻤다.

그것은 불과 일부이지만, 그럼에도 이제까지 오크라는 종족에게 강한 편견을 가지고 있던 이들이, 오크 역시도 사람이고 긍지 높은 전사의 집단이라 새로이 생각해주는 것이 기뻤다.

배시가 오크의 긍지를 되찾기 위해서 그런 일을 한다는 이야기에는, 용기를 얻었다.

조금 형태는 다를지라도, 자신이 하는 일과 배시가 하는 일은 같은 방향으로 향하고 있다. 그렇게 생각했으니까.

그래서 배시가 비스트 나라에 나타났을 때에도 그에게 협력했다.

국경 통과를 돕고, 왕궁으로 안내했다.

비스트 왕족이 용사 레토를 죽인 원한을 오크에게 가지고 있다는 것은 알았지만, 바로 그렇기에 이런 축하 자리에서 오크 측이 진지하게 결혼을 축하해준다면 비스트도 생각을 고칠 것이라 믿었고, 배시라면 그것이 가능하다고 생각했던 것이다.

그렇다면 좋겠다고, 나자르는 기대했던 것이다.

하지만 배시는 행사장에서 쫓겨났다.

비스트의 공주님들이 오크라는 종족을 향한 증오를 거두지는 않았다.

훗날, 공주에게 "어째서 그렇게나 성실하게 비스트에게 다가오려는 배시를 쫓아냈느냐"라고 물었더니, 그녀들은 코웃음을 쳤다.

복장을 바꾸고 얌전한 태도를 취하는 것 정도는, 네 종족 동맹의 사람이라면 누구라도 할 수 있다고.

오크에게 그것이 얼마나 힘들고 상식 밖의 일인지를, 미처 생각도 못 하는 것이었다.

그 말을 들었을 때, 나자르는 배시가 여행 도중에 극복했을 고뇌를 생각하게 되었다.

그가 여행을 시작하여 이곳까지 오는 동안, 얼마나 매정한 말을 뒤집어썼을까. 얼마나 굴욕에 울었을까. 꺾일 뻔한 적도 있었을지도 모른다.

혹시. 혹시라도, 그런 그가.

전쟁의 유혹을 받는다면, 어떻게 될까.

게디구즈의 부활을 안다면, 어떻게 될까.

다시 한번 전쟁이 벌어지고, 이런 굴욕을 두 번 다시 경험할 일이 없음을 안다면…….

나자르가 배시라면, 그 이야기에 뛰어들었을 것이다.

오크라는 종족이 얼마나 싸움과 자식 만들기에 무게를 두고 있는지는, 전우이자 휴먼 군인 중에서 특히 신뢰하는 사람에게도 들은 적이 있었다.

전쟁이 벌어진다면 오크는 그것만으로도 긍지를 되찾을 수 있을 것이다.

이길 수 없는 전투이기에 화평에 응했으니까, 게디구즈가 부활하여 승산이 보이는 전투가 된다면 더더욱.

"으음……."

『헐떡이는 목소리』 캐럿.

『오크 히어로』 배시.

휴먼은 지혜와 지식의 종족이다.

힘에서 밀리는 상대일지라도 대책을 세우고 무기와 방어구를 준비하여, 용의주도하게 도전하고 승리를 거둔다.

그러니까 미리 교섭을 해서 이 왕궁에도 최고급 무기를 반입했다.

캐럿을 상대로도 배시를 상대로도, 나자르는 그럴 수 있다고 생각했다.

하지만 둘을 동시에 상대한다면, 이야기는 다르다.

절대로 못 이긴다. 캐럿은 몰라도 배시는 무리다.

일대일조차 승산이 희박한데, 캐럿의 『매료』로 움직임이 둔해진 상황에서는 만에 하나조차 없다.

지금 이 상황에서는 제대로 도망칠 수조차 없다.

설령 이곳에 선더 소니아가 나타나서 캐럿을 상대해 주더라도, 과연 대적할 수 있을지…….

"캐럿."

배시의 목소리는 깊고 차분하게 들렸다.

곤혹 따위는 일절 없이, 이미 무어라 입에 담을지 결정한 것처럼.

기다리게 했군, 그런 말이라도 하려는 것 같은 목소리.

"예, 기다리고 있었어요. 배시 님."

그리고 그에 응하는 것 같은, 환희에 찬 캐럿의 목소리.

이미 배시는 캐럿의 아군이라 보면 틀림없을 것이다.

나자르가 모르는 곳에서, 캐럿은 배시에게 권유를 마친 것이다.

나자르는 각오를 다졌다. 설령 이길 수 없을지라도, 저항해야만 하는 때는 있다.

나자르는 왕자이기에 계속 보호를 받았다. 나자르의 목숨을 구하기 위해, 휴먼의 승리를 위해 여러 장병이 이길 수 없는 싸움에 도전하고 사라졌다.

'어떻게든 도망쳐야만 해. 실비아나 공주는 버리고 가게 되겠지만…….'

지금이 자신의 차례라고 생각하지는 않았다.

왜냐하면 자신이 죽더라도 유지를 계승할 사람이 존재하지는 않으니까.

세계에는 자신만을 생각하는 사람들뿐이다. 자신이 죽는다면 금세 패전국은 집어 삼켜지고, 다음은 네 종족 동맹들끼리 전쟁이 벌어질 것이다.

아니, 그보다도 전에 캐럿 일당이 게디구즈를 부활시켜서 네 종족 동맹이 멸망할까.

그렇게 생각했을 때, 문득 나자르의 몸이 가벼워졌다.

온몸에 걸친 장비가 한순간 강하게 빛나고, 스르륵 빛이 사라졌다.

하지만 나자르는 움직일 수 없었다.

왜냐하면, 어느샌가 자신의 눈앞에 오크의 거대한 등이 있었으니까.

"그 발을 치워라."

나자르는 그 순간, 자신의 발을 들었다.

자신에게 말하는가 싶었던 것이다.

하지만 양쪽 발밑에는 아무것도 없었다. 무언가 밟은 것은 아닌가 보다.

'『매료』가…….'

다리가 움직였기에 나자르는 『매료』가 해제된 것을 이해했다.

어느샌가 캐럿의 눈동자에서는 붉은 빛이 사라졌다.

"어……."

캐럿은 한순간 멍한 표정을 지었지만, 금세 입술을 삐죽였다.

"아뇨, 안 치울 거예요."

"……뭐라고?"

"총명하신 배시 님은 이미 깨달으셨을 거라 생각하지만, 이 여자는 배시 님을 속이고 있었어요. 배시 님에게 다가가서, 배시 님이 손을 댄다면 합의 없는 성교를 당했다며 소란을 피우고, 오크라는 종족 그 자체에게 책임을 뒤집어씌우겠다고, 그렇게 꾸민 거예요."

"……으음."

"오크의 영웅이 비스트 공주를 억지로 범했다. 그것이 공주의 거짓말일지라도, 틀림없이 비스트 왕족은 그것을 기회로 삼겠죠. 그녀들은 오크를 싫어하니까. 기회만 있다면 절멸시킬 생각이니까."

나자르는 그 말을 듣고, 확실히 그럴 듯하다고 생각했다.

옹호할 여지가 없었다. 오크에 대한 실비아나 공주의 악감정은 유명했다.

왕궁에서 벌어진 소동으로 마음을 바꾸었다든지 그런 소문도 들어오기는 했지만 뭐, 그렇게나 금세 변심할 리도 없다.

그녀가 배시에게 접근했다면, 그것이 목적이었을 것이다.

"그렇지?"

캐럿이 실비아나의 머리카락을 붙잡아서 얼굴을 들어 올리고 그렇게 물었다.

실비아나는 고통으로 일그러진 표정을 지으면서도 사납게 웃었다.

"……그, 그런 건 거짓말이에요! 저는 그저 배시 님을 연모하고 있을 뿐! 이 여자는, 배시 님이 좋아서, 나와 배시 님이 친하게 지내는 모습을 질투하는 것뿐이에요!"

그것은 누가 보더라도 거짓임을 알 수 있는 말이었다.

시선은 이리저리 헤매고, 목소리는 떨리고, 식은땀을 흘리고, 어떻게든 말장난으로 이 자리에서 벗어나려 한다고, 옆에서 보기만 해도 깨닫고 말았다.

배시는 조금 곤혹스러운 표정을 지었지만, 페어리가 무언가 귓속말을 하자 납득한 표정을 지었다.

"그렇군."

배시의 그 말은 한숨이 섞인 것처럼 들렸다.

그런 거짓말, 처음부터 알고 있었다는 것처럼.

"잘도 뻔뻔스럽게, 금세 발각될 거짓말을 하는구나……."

"저, 정곡을 찔러서, 열 받았나요? 자, 배시 님. 이게 증거예요! 이 매춘부는, 날 함정에 빠뜨리려 하는 거예요!"

실비아나의 말은 지리멸렬하고 필사적이라, 보는 것만으로 애처로웠다.

이윽고 캐럿은 더 이상 상대해 줄 수도 없다는 듯 한숨을 내쉬고, 배시를 다시 바라봤다.

"배시 님, 들으신 그대로예요. 타국의 영웅을 희롱하고 함정에 빠뜨리려 한 거짓말쟁이 공주, 소꿉놀이로 사람을 놀리는 휴먼 왕자…… 어차피 네 종족 동맹의 녀석들은, 오크나 서큐버스를 사람이라고 생각하지 않는 거예요. 그러니까 이런 웃기지도 않는 짓을 할 수 있겠죠."

캐럿은 그러더니 배시에게 손을 뻗었다.

악수라도 청하듯이.

"배시 님. 우리는 일곱 종족 연합에 소속된 모든 종족의 긍지를 되찾기 위해, 싸울 생각이에요. 부디 제 손을 잡고, 함께 싸워주세요."

진지한 말로 배시에게 애원했다.

배시는 받아들인다고, 그렇게 굳게 믿는 것처럼 계속 말했다.

"사실대로 말하면, 시간이 얼마 없어요. 그러니까 자세한 작전 설명은 나중에 할게요. 우선은 이 거짓말쟁이 여자와 웃기지도 않는 왕자를 죽이고, 이곳을 탈출하죠."

아무래도 캐럿은 배시에게 제대로 권유하지 않았던 모양이지만, 그래도 그것은 새삼스러운 이야기일 뿐이었다.

나자르가 무슨 말을 하더라도, 배시의 마음은 변하지 않는다.

자신의 말 따위는, 닿지 않는다.

배시의 입장에서는, 에롤이라 자칭하는 사람을 따라갔다가 왕궁에서 굴욕적인 대우를 당한 셈이다. 그 정체가 휴먼의 왕자라면 당연히 분노할 것이다.

비스트와 휴먼이 결탁해서 배시를 함정에 빠뜨렸다고, 그렇게 보이더라도 어쩔 수 없다.

그런 생각은 없었다고 하더라도, 이미 늦었다.

처음부터 나자르라 이름을 대고, 왕궁에서 벌어진 소동 이야기를 들었을 때에 사죄하러 가야 했다.

게디구즈 부활을 계획하는 자들을 찾느라 그럴 겨를이 없었지만……

결정적인 것은, 실비아나의 마지막 거짓말이다.

적어도 사죄하면 되었을 텐데, 거짓말을 하고 말았다.

캐럿을 바보 취급 하는 것 같은 태도마저 취하고 말았다.

배시의 입장에서는, 상대가 공주였기에 굴욕적인 취급을 받으면서도 정중하게 대했는데, 그것을 배신당한 것이다.

"……."

배시는 몇 초 정도 침묵한 뒤, 나자르 쪽을 흘끗 봤다.

'……여기까지인가.'

그 순간, 나자르는 죽음을 각오했다.

어떻게든 이 자리에서 벗어날 생각이었지만, 도저히 도망칠 수 있을 것 같지가 않았다.

『오크 히어로』 배시.

그 위압감은 어지간한 역전의 전사와는 비교도 되지 않았다.

나자르는 자타공인 휴먼 최강의 검사이지만, 바로 그렇기에 피아의 실력 차이를 간파할 힘은 가지고 있었다.

죽을 각오는 있다. 싸울 각오도 있다.

하지만, 그것뿐이다.

이길 수 있을 것 같지는 않고, 제대로 도망칠 수 있을 것 같기도 않았다.

다시금 떠오른 것은, 게디구즈를 쓰러뜨린 직후의 그때. 배시가 나타났을 때의 절망감.

"그럴 수는, 없다."

하지만 배시는 이미 나자르를 보고 있지 않았다.

"어."

캐럿의 얼빠진 목소리가 무척 크게 울렸다.

"어째서죠?! 전날에는, 함께 싸우겠다고 그러셨잖아요!"

"이 남자에게는 갚을 빚이 있다."

"빚……?!"

"그래."

"그렇다면, 받아들이겠다는 건가요?! 지금 이 상황을!"

"……지금 이 상황이 뭐가 나쁘다는 거지?"

"서큐버스는 지금, 아이들조차 굶주리는 꼴이에요! 오크도 그렇잖아요?! 실제로 전후, 오크 킹의 치세에 만족 못 하고 다수의 전사가 뛰쳐나가지 않았나요! 수많은 긍지 높은 역전의 전사들이! 거기 쓰러져 있는 가간도 그래요, 대대장까지 올라간 남자가 여자조차 품을 수 없으니까 나라에 더는 있을 수 없다며 나온 거라고요! 여자만 안을 수 있다면 노예가 되어도 좋다고, 제게 호소하러 왔다고요?! 나 같은 서큐버스한테! 그 결과가 이거라고요!"

배시는 가간의 시체를 봤다.

나자르로서는, 배시의 표정은 미처 읽을 수가 없었다.

다만 어딘가 슬퍼하는 표정으로 보였다.

"가간의 마음은 알겠다만……."

배시는 거기까지 말하고, 잠시 침묵했다. 마치 말을 고르듯이.

이윽고 배시는 툭하니 말했다.

"패배란, 그런 것이다."

그 말을 듣고, 캐럿은 퍼뜩 놀란 표정을 짓고는 고개를 숙였다.

"……그랬죠. 배시 님은 배시 님대로, 결의를 가지고, 이렇게 이런 곳까지 찾아오신 거였죠."

캐럿은 그렇게 말하더니 천천히 일어섰다.

울 것 같은 얼굴로 보였다. 승산 없는 싸움에 몸을 던지는 전사를, 전송하는 것처럼 보였다.

"무슨 말을 하더라도, 생각을 바꾸어주시지는 않을 건가요?"

"그래."

"……설령, 데몬 왕 게디구즈가 부활한다고 해도?"

"관계없겠지."

캐럿은 천천히 눈을 감고 후우, 숨을 내쉬었다.

"알겠어요…… 길은 다를지라도, 당신이 존경하는 전사라는 사실에는 변함이 없어요."

"나도 너는 존경할 가치가 있는 전사라고 생각한다."

그 말에 캐럿은 어렴풋이 뺨을 물들이고, 입가에 미소를 머금었다.

소녀처럼 수줍어하는 그 미소는, 그러나 금세 사라졌다.

그녀는 표정을 다잡았다. 영웅을 동경하는 여자에서, 한 사람의 전사의 얼굴로.

"당신을 쓰러뜨리고서라도, 저는 제 길을 가겠어요."

"……그런가."

캐럿은 배시의 눈앞으로 나가더니, 주먹을 쥐었다.

두 전사에게 이 이상의 문답은 필요 없었다.

"전 서큐버스 여왕국 제1대대 총지휘관.『헐떡이는 목소리』캐럿."

캐럿은 자신의 이름을 댔다.

머리카락을 쓸어 올리고, 요염하게.

"전 오크 왕국 부더즈 중대 소속 전사.『오크 히어로』배시."

배시도 이름을 댔다.

당당한 태도였지만, 어딘가 그 목소리에는 주저가 있는 것처럼 여겨졌다. 서큐버스의 현실에 공감할 수 있기에, 그녀와 싸우는 것에 대해 망설임이 있는 것이리라.

"……."

배시는 캐럿을 노려보고, 주먹을 쥐었다.

무기는 없었다. 배시도 캐럿도, 왕궁에 입장할 때에 무기는 맡겼다.

이 자리에서 무기를 가진 것은, 사전에 허가를 얻어서 무기를 반입한 나자르뿐.

하지만 그는 움직이지 않았다. 도주할 절호의 기회였지만, 도망치지 않았다.

'그런가…… 그런 것이었나…….'

그저 감동하고 있었다.

'이 어찌나 멋진 일인가…….'

나자르는 두 사람의 관계를 모른다.

보지 않은 곳에서, 두 사람 사이에, 어떤 대화가 있었는지 모른다. 하지만 적어도 캐럿이 꺼낸 이야기는, 배시에게 나쁜 이야기가 아닐 터. 전쟁이 벌어진다면 얼마든지 싸움에 몸을 던질 수 있다.

여자도 마음대로 할 수 있을 것이다. 그뿐만 아니라, 서큐버스가 최선을 다하겠다고 말하는 것이다.

그리고 게디구즈가 부활한다면, 승리는 확실하다. 그야말로 모든 것을 얻을 수 있다.

그 이야기를 배시는 걷어찬 것이었다. 나자르에게 갚을 빚이 있으니까, 라고.

나자르가 한 일이라면, 국경에서 통과시켜준 정도였다.

왕궁으로도 안내했지만, 그 후에 벌어진 문제를 생각하면 미안하다는 생각조차 있었다.

보통은 감사받을 일은 아니다. 함정에 빠뜨렸다고 생각해도 이상하지 않을 터.

하지만 배시는 『빚』이라 받아들여 주었다.

그것도 갚아야 하는 『빚』이라고.

그것을 이유로, 캐럿의 이야기를 일축했다.

나자르의 가슴이 뜨거워졌다.

그는 패배를 받아들이며, 오크의 긍지를 지키려고 하는 것이다. 지금의 시대에 맞추어, 오크도 바뀌어야만 한다고 생각하는 것이다.

어쩌면 그것은, 오크라는 종족 전체의 입장에서는 비난받을 일일지도 모른다.

뭐가 패배를 받아들인다는 것이냐. 우리한테는 싸움밖에 없다. 싸워서 여자를 붙잡고 범하는 것이, 우리 오크에게는 최고의 살아가는 방식이라고.

하지만 배시는 그것을 부정하고, 올바르다고 생각하는 길을 가기로 한 것이다.

나자르는, 배시가 목표로 하는 곳은 자신과 닮았다고 생각했다. 형태는 다르지만, 같은 곳을 목표로 한다고 생각했다.

하지만 아니었다.

틀림없이 그가 목표로 하는 곳은, 나자르보다도 더더욱 나아간 곳이다.

틀림없이 이『오크 히어로』는, 더더욱 앞을 보고 있는 것이다.

이대로 평화로운 시대가 이어지고, 그 너머를. 나자르조차 보지 못하는, 무언가를.

그렇지 않다면, 변변하게 힘이 되어주지도 못했던 나자르에게, 정체를 감추고 있던 나자르에게 갚을 빚이 있다는 말은 하지 않는다.

'휴스턴, 네가 편지로 그렇게나 배시 경을 칭찬했던 이유를, 지금 알았어.'

이 자리에서 도망치다니, 도저히 그럴 수는 없다.

나자르는, 눈앞에 있는 오크의 선택을, 싸움을, 긍지를 지켜볼 각오를 다졌다.

# 12. 영웅 VS 헐떡이는 목소리

무슨 일이 벌어지는지 전혀 알 수가 없었다.

편지를 받고, 연설이 시작할 무렵에는 성수에 도착했다.

늦지는 않았다고 생각한다. 하지만 어째선지 성수 아래에는, 실비아나 이외의 인물이 있었다.

어째선지 캐럿이 실비아나를 걷어차고 있었다.

어째선지 가간이 둘로 쪼개어져서 죽어 있었다.

어째선지 나자르가 정체를 감추고 에롤이라 자칭하고 있었다.

세 사람은 아무래도 다투고 있는 모양이었는데, 그 경위에 대해서 배시가 알 수 있을 리도 없으니. 전혀 이해가 따라가지 않았다.

배시는 그 무엇 하나 정보를 알 수가 없었다.

("무슨 일이 벌어지는 거지?")

("그건 모르겠지만…… 보아하니, 아마도 치정싸움 같네요.")

그러나 젤은 딱 떠오른 모양이었다.

역시 의지할 수 있는 파트너라는 존재는 필요했다.

("치정 싸움?")

("옛날에 본 책에 적혀 있었어요. 휴먼이나 비스트는, 사랑하는 사람을 두고 다툴 때에 결투를 한대요.")

("……캐럿과 실비아나가 결투했다는 건가? 그렇다면 나자르와 가간은, 왜 여기에 있지?")

("아마도 캐럿은 당신을 좋아해요. 그러니까 당신과 친해진 실

비아나에게 결투를 도전했죠. 당연히 캐럿이 이겼지만, 거기에 캐럿을 좋아하는 가간과 실비아나를 좋아하는 나자르가 나타나서, 결투! 나자르가 승리했어요. 이제 남은 사람들이 생존을 걸고 싸우는 거예요. 남자가 캐럿 누님한테 이길 수는 없으니까. 승자는 정해졌네요.")

그는 현장의 상황에서 무슨 일이 벌어졌는지를 추리하는 달인이었다.

사람들은 그를 『명탐정 젤』이라 부른다.

그의 손에 걸리면 모든 사건은 미궁에 빠진다.

물론 치정싸움은 그런 토너먼트 형식이 아니다.

("그렇군.")

하지만 배시는 그 추리에 납득했다.

너무 복잡해서 반 정도밖에 이해하지 못했지만, 두 오크가 한 여자를 아내로 삼고자 한다면 상대를 죽여서 빼앗는 것은 상식이다.

휴먼 사이에도 그런 치정 싸움이 발생한다면, 이런 상황도 벌어질 수 있을 것이다.

("나자르도 불쌍하네요. 공주님은 당신을 좋아하는데.")

("어쩔 수 없지. 그만큼 매력적인 여자니까.")

본래라면 자신이 노리는 여자에게 손을 대려고 하는 나자르에게 화를 낼 참이지만, 배시는 그에게 큰 빚이 있었다.

휴먼 왕자의 비보라고도 할 수 있는, 잡지 제공이었다.

그 잡지가 없었다면 실비아나와 이렇게까지 친근한 사이가 될 수는 없었을 것이다.

조금 더 말하자면, 실비아나는 오늘 밤 자신과 성교를 하고 아내가 될 테니까, 여유를 가진 어른의 태도로 그를 보내줄 수 있다.

("어떻게 할까요?")

("실비아나를 돕고, 나자르에게 빚을 갚는다.")

일석이조였다.

캐럿을 물리치면 실비아나에게 좋은 모습을 보여줄 수 있고, 나자르에게 빚을 갚는 것으로도 이어진다.

그렇기에 배시는 움직였다.

캐럿의 『매료』로 움직이지 못하여 죽음만 기다리는 나자르를 감싸고, 캐럿의 전면으로.

"캐럿."

"예, 기다리고 있었어요. 배시 님."

그러는 캐럿은 배시의 눈에, 그리고 인생에 맹독을 줄 것 같은 복장이었다. 서큐버스의 민족의상. 그 민족의상 아래에는 침이 흐를 것만 같은 육체가 탐스럽게 맺혀 있었다.

혹시 배시가 동정이 아니었다면 고스란히 빨려들어서 그대로 승자에게 바라는 것을 주고 말았으리라.

하지만, 그럴 수는 없었다.

배시는 강철의 의지로 시선을 피하고는 실비아나 쪽을 봤다.

"그 발을 치워라."

"어."

캐럿은 경악한 표정을 지었지만, 금세 강한 시선을 찌릿 보냈다.

"아뇨, 안 치울 거예요."

"……뭐라고?"

"총명하신 배시 님은 이미 깨달으셨을 거라 생각하지만, 이 여자는 배시 님을 속이고 있었어요. 배시 님에게 다가가서, 배시 님이 손을 댄다면 합의 없는 성교를 당했다며 소란을 피우고, 오크라는 종족 그 자체에게 책임을 뒤집어씌우겠다고, 그렇게 꾸민 거예요."

"……으음."

"오크의 영웅이 비스트 공주를 억지로 범했다. 그것이 공주의 거짓말일지라도, 틀림없이 비스트 왕족은 그것을 기회로 삼겠죠. 그녀들은 오크를 싫어하니까. 기회만 있다면 절멸시킬 생각이니까."

캐럿이 실비아나의 머리카락을 붙잡고서 얼굴을 들어 올렸다.

"그렇지?"

실비아나는 고통으로 일그러진 표정을 지으면서도 사납게 웃었다.

"……그, 그런 건 거짓말이에요! 저는 그저 배시 님을 연모하고 있을 뿐! 이 여자는, 배시 님이 좋아서, 나와 배시 님이 친하게 지내는 모습을 질투하는 것뿐이에요!"

그때 젤이 다시 한번, 배시에게 귓속말을 했다.

("역시 내 추리가 맞았나 보네요.")

"그렇군."

잡지의 힘이란 무시무시했다.

노리고 있던 실비아나만이 아니라, 그럴 마음이 없었던 캐럿까지 매료시키고 말았으니까.

전쟁 중에도 그랬다.

자신이 미처 다룰 수 없는 마법이나 마도구 종류는, 자신도 모르는 사이에 동료까지 상처를 입히고 마는 법이었다.

"잘도 뻔뻔스럽게, 금세 발각될 거짓말을 하는구나……."

"저, 정곡을 찔려서, 열 받았나요? 자, 배시 님. 이게 증거예요! 이 매춘부는, 날 함정에 빠뜨리려 하는 거예요!"

"배시 님, 들으신 그대로예요. 타국의 영웅을 희롱하고 함정에 빠뜨리려 한 거짓말쟁이 공주, 소꿉놀이로 사람을 놀리는 휴먼 왕자…… 어차피 네 종족 동맹의 녀석들은, 오크나 서큐버스를 사람이라고 생각하지 않는 거예요. 그러니까 이런 웃기지도 않는 짓을 할 수 있겠죠."

웃기지도 않은 짓…… 확실히 실비아나의 태도는 좋지 않았다.

패배한 자의 태도가 아니었다. 패자가 헛소리로 승자를 모독하다니, 살해당해도 어쩔 수 없는 행위다. 나자르가 에롤이라 이름을 속인 것도, 구혼을 받는 쪽에서 보면 웃기지도 않는 짓이리라.

"배시 님. 우리는 일곱 종족 연합에 소속된 모든 종족의 긍지를 되찾기 위해, 싸울 생각이에요. 부디 제 손을 잡고, 함께 싸워주세요."

캐럿은 그러더니 손을 내밀었다.

풍만한 가슴이 출렁 흔들려서, 참으로 눈에 해로웠다.

이것이 서큐버스 스타일의 프러포즈일지도 모른다.

전날, 함께 싸워달라는 말도 그것을 시사하는 말이었나.

"사실대로 말하면, 시간이 얼마 없어요. 그러니까 자세한 작전 설명은 나중에 할게요. 우선은 이 거짓말쟁이 여자와 웃기지도 않는 왕자를 죽이고, 이곳을 탈출하죠."

하지만 배시의 대답은 정해져 있었다. 기대를 하게 만든 것은 미안하지만 배시는 실비아나와 부부가 될 생각이고, 나자르에게도 큰 빚이 있었다.

도저히 죽일 수는 없었다.

"그럴 수는, 없다."

"어."

충격을 받은 캐럿의 표정을 보는 것은, 배시로서도 괴로웠다. 자신도 차일 때마다 이런 표정을 지었을지도 모른다.

"어째서죠?! 전날에는, 함께 싸우겠다고 그러셨잖아요!"

"이 남자에게는 갚을 빚이 있다."

"빚……?!"

"그래."

"그렇다면, 받아들이겠다는 건가요?! 지금 이 상황을!"

"……지금 이 상황이 뭐가 나쁘다는 거지?"

순수한 의문이었다.

"서큐버스는 지금, 아이들조차 굶주리는 꼴이에요! 오크도 그렇잖아요?! 실제로 전후, 오크 킹의 치세에 만족 못 하고 다수의 전사가 뛰쳐나가지 않았나요! 수많은 긍지 높은 역전의 전사들이! 거기 쓰러져 있는 가간도 그래요, 대대장까지 올라간 남자가 여자조차 품을 수 없으니까 나라에 더는 있을 수 없다며 나온 거라고요! 여자만 안을 수 있다면 노예가 되어도 좋다고, 제게 호소하러 왔다고요?! 나 같은 서큐버스한테! 그 결과가 이거라고요!"

배시는 갑자기 바뀐 화제에, 가볍게 고개를 갸웃거렸다.

확실히 오크는 전쟁 중과 비교해서, 옛날과 비교해서 가난해졌을지도 모른다.

아이들이 굶주리느냐고 묻는다면, 정말로 그랬다. 하지만 아이란 굶주리는 법이리라. 전쟁 당시부터 그랬다.

현재를 한탄하여 다수의 전사가 추방자 오크가 된 것도 사실이다. 그들은 오크 킹의 결정에 따르지 않고, 패배를 받아들이지 못하고 오크의 나라에서 나갔다.

"가간의 마음은 알겠다만……."

가간의 마음은 알 수 있다.

가간은, 이른 단계에서 추방자 오크가 되어 나라에서 나갔다.

그 이유까지는 듣지 않았지만, 오크가 떠나는 이유는 싸움을 원하든지 여자를 원하든지, 둘 중 하나다.

배시도 동정이 아니라면, 또는 영웅이라 불리는 책임 있는 지위가 아니었다면, 혹은 캐럿이 서큐버스가 아니었다면, 서큐버스로 동정을 버린다면 마법 전사가 되는 것이 확정이 아니라면, 캐럿의 노예가 되기를 원했을 것이다.

그리고 가간은 캐럿을 자신의 것으로 삼고자 싸움에 도전하고, 패배하고, 죽었다.

오크 킹의 규율을 어기는 행위이지만, 오크다운 행위이자 오크다운 최후라고 할 수 있을 것이다.

"패배란, 그런 것이다."

"……그랬죠. 배시 님은 배시 님대로, 결의를 가지고, 이렇게 이런 곳까지 찾아오신 거였죠."

결의. 그렇다, 배시는 오늘 실비아나와 성교를 하러 왔다.

공주라는 지위는 영웅의 아내로서 더할 나위가 없으니 당당히 나라로 돌아갈 수 있다.

나라에 다다를 무렵에는, 실비아나는 아이를 배고 있을 것이다. 비스트족이니까 아이는 대여섯은 낳을 터.

그 무렵에는 배시도 부끄럽지 않은 성교를 할 수 있게 될 것이다.

"무슨 말을 하더라도, 생각을 바꾸어주시지는 않을 건가요?"

"그래."

"……설령, 데몬 왕 게디구즈가 부활한다고 해도?"

"관계없겠지."

의아한 표현이지만, 지금 이 자리에서 게디구즈가 부활할지라도, 배시의 결의는 변함이 없다.

쓰러뜨리고, 실비아나를 손에 넣겠다.

"알겠어요…… 길은 다를지라도, 당신이 존경하는 전사라는 사실에는 변함이 없어요."

"나도 너는 존경할 가치가 있는 전사라고 생각한다."

"당신을 쓰러뜨리고서라도, 저는 제 길을 가겠어요."

"……그런가."

배시로서는 이해하기 쉬운 흐름이었다.

오크는, 손에 넣고 싶은 이성이 있다면 싸워서 손에 넣는다.

캐럿이 배시를 손에 넣고 싶어서 싸움에 도전한다면, 배시는 그 싸움에 승리하여 물리친다.

"전 서큐버스 여왕국 제1대대 총지휘관.『헐떡이는 목소리』캐럿."

"전 오크 왕국 부더스 중대 소속 전사.『오크 히어로』배시."

배시는 이름을 댄다, 당당하게.

그리고 외친다.

"그라아아아아아아아아아아아오오오오!"

싸움은 배시의 워크라이로 시작되었다.

　

■

　

오크와 서큐버스의, 일대일 대결.

나자르는 솔직히 배시에게 승산은 없다고 예상했다.

아무리 배시가 강인하고 모든 종족 중에서 최강이라 지목될 정도의 힘을 가졌을지라도, 남자는 남자……. 게다가 캐럿의『매료』는, 나자르만큼 마법 내성이 높은 남자가 만전의 대책을 세우고서도 만족스럽게 움직일 수 없을 만큼 강력했다.

한순간에 캐럿에게 매료당하고, 기승위 상태에서 에너지 드레인을 당하고, 모조리 뽑혀나갈 것이라고 예상했다.

나자르는 혹시 그렇게 된다면 배시를 도울 생각이었다.

마지막까지 지켜볼 각오를 다졌지만, 그를 죽게 둘 수는 없으니까.

하지만 그렇게 되지는 않았다.

'무슨 일이 벌어지는 거야……?'

배시는 움직임이 둔해지지도, 하물며 멈추지도 않고 전투를 개시했다.

'설마『매료』를 완전히 무효화하고 있나……?!'

배시가 무언가를 한 것처럼 보이지는 않았다.

특수한 장비를 입고 있는 것처럼 보이지도 않았다.

하지만 무효화가 아니라면 저만큼 민첩하게 움직이는 것은 불가능하리라.

'……어쨌든, 이러면 이길 수 있을지도 모르겠어.'

나자르가 침을 꿀꺽 삼켰을 때에는, 배시는 캐럿에게 다가가서 그녀의 요염한 안면에 주먹을 휘두르고 있었다.

제대로 맞으면 커다란 바위를 산산이 부술, 압도적인 폭력을.

"훗!"

캐럿은 거기에 옆에서 주먹을 대고 흘려냈다.

그리고 흘려낸 힘을 거스르지 않고 낫처럼 보디블로를 날렸다.

캐럿의 가늘고 작은, 그러나 단단히 움켜쥔 주먹이 배시의 옆구리에 박혔다.

눈썰미 있는 사람이라면 그 훅이 얼마나 날카로운지 알았을 것이다.

서큐버스 격투술의 훅은, 적중하면 피부와 근육을 관통하고, 뼈를 부수고, 내장을 뚫어 일격으로 절명에 이른다.

하물며 그녀는『헐떡이는 목소리』. 서큐버스 최고의 실력자……
그런 이의 공격을 어중간한 사람이 맞는다면, 상반신이 아예 사라질 수도 있다. 그녀의 신체 강화 능력에는 그만한 위력이 있었다.

"그아아아아아아!"

그러나 배시는 그것을 개의치 않았다.

아무리 신체 강화 마법으로 부스트된 주먹이라도, 배시에게 줄수 있는 대미지는 지극히 미미했다.

"하아아아아아!"

캐럿은 그것을 아는지 모르는지, 정확하게 배시의 몸에 주먹을 휘둘렀다.

정권, 손등, 돌려차기, 팔꿈치치기, 무릎치기, 하단 후려차기, 중단 돌려차기, 내리차기……

물 흐르는 것 같은 콤비네이션이 끊임없이 배시를 덮쳤다.

그것뿐이라면 서큐버스 격투가, 같은 거창한 이름이 붙을 일은없을 것이다.

캐럿은 뛰었다. 두 날개를 퍼덕이고 주위에 흙먼지를 흩뿌리며.

이단 돌려차기, 날개 후리기, 역 내리차기……

휴먼이나 비스트는 물론이고 오크나 오거조차 불가능한 연격은, 본래라면 노리기 힘든 부위를 참으로 간단하게 강습했다. 휴먼 무술가가 그것을 본다면 감탄을 터뜨리고, 그리고 왜 자신은 서큐버스로 태어나지 않았느냐고 분하게 여겼을 것이다.

"……윽!"

예술적이라고도 할 수 있을 그런 격투술이었지만, 제대로 들어간 것은 처음의 훅뿐이었다.

배시의 가드는 단단해서 급소를 노린 일격은 모조리 막히고, 그럴 때마다 반격이 날아들었다.

날아드는 파리를 떨어뜨리는 것같이 거친 반격은, 겉보기와는 달리 정확하며 적절해서, 정면에서 받아낸다면 뼈는 박살 나고 어쩔 수 없이 전투 불능이 되리라 예상할 수 있었다.

흘려 넘길 수밖에 없지만, 그것보다도 폭탄을 처리하듯 섬세함이 필요했다.

배시는 공격 측면에서도 방어 측면에서도, 캐럿을 압도하고 있었다.

캐럿은 눈 깜짝할 사이에 구석으로 몰렸다.

"으윽!"

이윽고 배시의 주먹이 캐럿의 방어를 뚫고서 정수리에 깊이 박히고, 캐럿은 입구 근처까지 날아갔다.

"쿨럭……."

대량의 피와 토사물이 철퍽철퍽 흩뿌려졌다.

캐럿은 부들부들 다리를 떨며 한쪽 무릎을 꿇었다.

가드는 했다. 마법으로 장벽도 쳤다.

그러나, 그럼에도 뼈에 금이 가고 위에서 모든 것이 역류했다.

"……우후후."

나자르는 생각했다. 그녀가 처참하게 피를 토하는 모습을 보는 것은 몇 년 만일까.

리샤와 싸웠을 때 이후, 나자르는 본 적이 없었다.

"진심으로 때리시는군요."

"당연하다."

배시의 대답에 캐럿은 일어섰다.

나자르는 그것을 보고는 부럽다고 생각했다. 그녀의 마음속은 상쾌한 기분으로 가득할 것이다. 여하튼 저『오크 히어로』가, 놀이나 다툼이 아니라 진심으로 싸워주니까. 전사로서 이만한 명예는 없다.

"그런데도, 정말, 아쉽게도…… 시간이 다 된 모양이네요."

캐럿이 그렇게 중얼거렸을 때,

"!"

어느샌가.

그렇다, 그야말로 어느샌가, 그렇게 형용하기에 걸맞았다. 어느샌가 서큐버스 옆에 한 여자가 서 있었다.

"……."

어둠마저도 집어삼킬 것 같은 칠흑의 로브를 걸치고 산양의 두 개골을 머리에 쓴, 창백한 피부의 장신 여자가. 그녀는 주변을 둘러보고, 배시가 주먹을 쥐고 캐럿이 피를 토하며 무릎을 꿇은 모습을 보고, 고개를 갸웃거렸다.

"어라? 배시 님, 적으로 돌려버렸어?"

"그래, 설득 못 했어."

"그런가. 아쉽네…… 네 미인계가 통하지 않는다면 절망적…….."

"실례네. 나는 긍지 높은 서큐버스 캐럿. 존경하는 분에게 미인계 같은 건 안 써."

"그런가."

여자의 머리에는 뿔이 두 자루가 있고, 눈 밑에는 시커먼 그늘이 있었다.

손에는 끈적거리는 석장이 들려 있고, 석장 끝에서는 어둠이 더러운 진흙처럼 방울져 떨어지고 있었다.

특징적인 그 모습을, 이 자리에서 모르는 사람은 없었다.

나자르는 그 이름을 입에 담았다.

데몬 왕 게디구즈의 측근으로서, 온갖 적을 그림자에 가라앉힌 마도사의 이름을.

"『새도 보텍스』 포플라티카……!"

그것은 데몬 마도사였다.

"그래서, 땄어?"

그녀는 나자르와 배시를 보지도 않고 캐럿에게 그렇게 물었다.

"응. 방해가 들어오긴 했지만."

"……그보다도 『매료』 없이 배시 님과 싸우고서, 용케 살았네."

"평상시의 행실이 훌륭해서일까?"

"웃겨라."

포플라티카는 가볍게 웃음을 머금으며 시선을 땅으로 떨어뜨렸다.

"그건 그렇고, 아쉽네."

정신이 들자 지면의 그림자가 커져 있었다.

마치 무언가가 땅 밑에서 다가오는 것처럼 그림자가 꿈틀대며 두 사람을 뒤덮었다.

"하지만, 아직 찬스는 있어."

"그러네."

그리고 어둠이 두 사람을 덥석 집어삼켰다.

"기다려!"

나자르가 외치고 달려갔지만, 때는 이미 늦어서.

어둠이 사라졌을 때, 그곳에는 아무것도 존재하지 않았다.

순식간에 벌어진 일이었다.

하지만 본래라면 예상은 했을 터였다. 캐럿이 시간이 없다고 그러면서도 이곳에서 움직이는 기척은 없고, 출구로 향하는 모습도 보이지 않았다.

이 왕궁에는 그녀의 천적인 선더 소니아도 있는데, 말이다.

처음부터 포플라티카의 『그림자 건너기』를 사용해서 도망칠 생각이었을 것이다.

"그렇다면, 쫓아갈 수 없나……."

나자르는 걸음을 멈추더니 툭 하니 그렇게 중얼거렸다.

『그림자 건너기』는 데몬 마도의 비오의라고도 할 수 있는 마법이다.

그림자에서 그림자로, 한순간에 이동한다. 많은 인원을 단숨에 옮길 수는 없고 출입구를 설치하기 위한 제한도 많은 모양이지만, 소수의 정예를 국지적으로 옮기는 것에서는 타의 추종을 불허한다.

데몬 마법사 중에서도 한 줌의 사람만이 쓸 수 있는 최고봉의 마법이다.

본래라면 이동 거리는 짧지만, 포플라티카의 『그림자 건너기』는 차원이 다르다.

비스트 요새 가장 안쪽에 붙잡혀 있던 오거, 『광전사 가드나』를 성벽 밖까지 빼낸 에피소드는 너무나도 유명하다.

이미 캐럿은 손이 닿지 않는 장소까지 도망쳤다고 생각해도 이상하지 않다.

그렇다면 소동을 듣고 이곳으로 오고 있을 사람들에게 사정을 설명하는 편이 나을 것이다.

경우에 따라서는 배시가 또 불필요한 의심을 받고 말 테니까.

나자르는 그런 생각에, 어깨의 힘을 뺐다.

"배시 경, 우선은 모두에게 이 일을……."

나자르는 고개를 돌리고, 그리고, 봤다.

마주 보는 두 남녀의 모습을.

ORC HERO
STORY

# 오크영웅이야기

## 춘탁열전

# 13. 프러포즈

실비아나는 긴장하고 있었다.

위협이었던 캐럿은 물러났지만 모두 드러나고 말았다.

안도해도 되는지, 아니면 위기감을 유지해야 하는지……

배시는 정면에 서서 가만히 이쪽을 바라보고 있었다.

그의 마음속은 알 수 없었다.

군사로서, 책사로서, 궁중에서 사는 인간으로서, 남의 안색을 살피는 것에 뛰어나다고 생각했지만, 오크의 안색을 살핀 적은 없었다.

"……"

머릿속은 새하얬다.

평소라면 차례차례 떠오를 말이 무엇 하나 나오지 않았다.

너무나도 많은 일이 벌어져서 어쩌면 좋을지 알 수가 없었다.

적어도 자신의 실수로 성수에서 『씨앗』을 도둑맞았다는 사실은, 여왕이나 자매에게 전달해야만 한다.

하지만 그 이전에, 우선 눈앞의 위협으로부터 도망쳐야만 한다.

격노한 오크에게 얻어맞아서 죽을 수는 없었다.

"아아! 배시 님, 무서웠어요……!"

그렇기에 실비아나는 계속해서 거짓말을 했다.

사로잡힌 공주님 같은 동작으로, 배시의 가슴으로 뛰어들었다.

캐럿에게 짓밟혀 있었을 때보다 훨씬 제대로 할 수 있었다. 조금 전에 이 연기를 할 수 있었다면 조금은 달랐을까, 생각하며.

헛수고임은 알고 있었다.

이것으로 함락된다면 진즉에 이 오크는 자신을 덮치고 비스트와 오크 사이에 전쟁이 벌어졌을 테니까.

"실비아나."

배시는 한쪽 무릎을 꿇고, 실비아나와 시선을 맞추었다.

그의 손에서 한 송이 꽃이 들려 있었다.

그것은 하얀색 꽃. 현재 비스트족에서 유행하는, 결혼을 청할 때에 건네는 약혼의 꽃.

"부디 나와 결혼해서, 아내로서 아이를 낳아주지 않겠나."

너무나도 진지한 말이었다.

너무나도 올곧은 말이었다. 혹시 상대가 오크가 아니었다면, 실비아나라도 무심코 받아들이고 말았을 정도로.

"아…… 으…… ."

아니, 받아들여야 하는 것이었다.

실비아나는 그것을 의도하여 이곳으로 배시를 불러냈다.

받아들이고 이 자리에서 배시가 덮치도록 만들어서 억지로 강간당했다고 소동을 벌인다. 그것이 계획이다. 하지만, 받아들일 수는 없었다.

왜냐하면 바로 앞에 한 사람이 더 있으니까.

나자르가. 휴먼 왕자가.

"흠…… 그렇군. 후후, 그런 일이라면 내가 증인이 되지."

나자르는 의미심장하게 웃으며 그렇게 말했다.

그가 증인이 된다면 실비아나는 거짓말을 관철할 수 없게 될 것이다.

그는 휴먼의 왕자이자 영웅이다. 휴먼 중에도 특히 강한 발언력을 가지고 있다. 그가 이 자리에 있는 이상, 실비아나가 아무리 소동을 벌이려고 해도 거짓이라 판단될 것이다.

혹은 배시와 나자르, 둘이서 덮쳤다고 주장할 수도 있겠지만…….

혹시 그렇게 했을 때, 최악의 경우에는 비스트와 휴먼 사이에서도 전쟁이 벌어질 수 있다.

비스트의 공주와 혼인을 맺은 엘프는 아군이 되어주겠지만, 휴먼과 적극적으로 싸우고 싶어 하지는 않을 것이다.

반면에 영웅을 거짓말쟁이 취급당한 휴먼과 오크는 격노하여, 높은 사기로 비스트를 짓뭉갤 것이다.

비스트는, 멸망한다. 혹은 멸망 직전까지 가서, 쇠퇴한다.

어쩌면 오크의 속국까지 전락할지도 모른다.

그것은 피해야만 했다.

"저, 저는…… 물론…….."

"틀림없이, 배시 경은 어떻게 대답해도 화내지 않겠지. 하지만 지나치게 허튼소리를 한다면, 나는 용서하지 않아. 용사 레토의 전우로서, 그 용사 레토를 쓰러뜨리고, 더군다나 우리의 목숨을 구해준 긍지 높은 전사를 업신여기는 건, 절대로 용서하지 않아."

"……업신여기다니, 무슨."

실비아나는 이를 갈았다.

"실비아나 공주, 너는 항상 레토의 긍지를 더럽힌 오크를 용서

하지 않겠다고 그랬다는데, 이분이 그의 명예를 더럽혔다고, 그
렇게 생각해?"

"……."

"너도, 지금 그 대화를 봤을 테지? 정말로, 그렇게 생각해?"

알고 있다. 사실은, 알고 있는 것이다.

배시는 전날 이야기해 주었다.

그는 원해서 용사 레토를 버려둔 것이 아니었다. 정말로, 진심
으로, 싸웠다는 것을, 그리고 승리했다는 것을 긍지로 생각하고
있다. 이야기해야만 하는 무용담으로서, 용사 레토와의 싸움을
자랑스럽게 여기는 것이다. 시신을 버려두고 만 것을, 후회하는
심정조차 있었다.

그리고 그 이유도, 실비아나는 납득할 수 있었다.

혹시 실비아나가 일곱 종족 연합의 군사로서 그 자리에 있었고
지시를 내려야 했다면, 망설임 없이 배시와 같은 행동을 명령했
을 것이다.

그것만이 아니었다.

비스트의 나라에 온 뒤로 배시의 행동도, 훌륭했다.

오크 따위가, 그렇게 눈을 감고 귀를 막았지만, 냉정하게 생각
하면 배시의 행동은 칭찬하기에 충분했다.

복장을 갖추고, 책을 읽고, 자제하고, 실비아나를 즐겁게 해주
고자 노력해주었다.

상대가 휴먼이나 엘프라면 그다지 높이 평가할 일이라고 생각
하지는 않지만, 그는 오크다. 오크가 그런 일을 한다고는, 실비아

나도 생각하지 않았다.

실제로 다른 오크는, 배시 같은 행동을 취할 수는 없으리라.

캐럿이 말했다시피, 공부를 한 것이다. 그렇게까지 하지 않으면 오크는 받아들여지지 않는다고, 그렇게 생각했을 것이리라.

실제로는 그렇게 하더라도, 자신을 포함한 비스트 공주들은 그를 받아들일 리가 없었지만.

지금 생각해보면 속 좁은 소리지만, 아무도 오크가 그렇게까지 하리라고 생각하지 않았다. 그러니까 거기까지 생각이 미치지 않았던 것이다.

파티에서 쫓겨나고, 공주에게 조롱당하는 매일.

굴욕적이었으리라.

그런 굴욕 가운데, 게디구즈 부활의 이야기를 듣고 캐럿의 권유를 받아, 마음이 흔들렸을 터.

실비아나는 물론 나자르도, 이런 상황에서 그 이야기를 들었다면 상대측에 붙겠다고 생각했을 터.

하지만 배시는 일축했다. 자신은 자신의 방식으로 지금의 상황을 바꾸겠다는 듯이.

정말로, 정말로 훌륭한 사람이다.

일곱 종족 연합의 모든 중진들이 인정하는 전사다.

'그렇다면 나는, 내가 하고 있는 일은…… 오히려 비스트의, 레토 숙부님의 명예를…….'

거기까지 생각하고, 실비아나는 자신의 몸에서 힘이 빠져나가는 것을 느꼈다.

"……배시 님."

"음?"

배시는 기쁜 표정을 짓고 있는 것처럼 보였다.

간신히 자신에게 굴욕을 준 상대에게 앙갚음을 할 수 있겠다, 그런 생각이라도 하는 것일까.

아니, 그렇게까지 냉혹한 인물이 아니다. 조금 심술궂은 짓을 한다는 생각일 뿐이리라.

실비아나로서는 그의 표정을 깊이 읽어낼 수는 없지만, 그렇게 보였다.

"죄송해요. 저는, 당신을 속이고 있었어요."

"……뭐라고?"

"진실은, 조금 전 캐럿이 말한 그대로예요…… 당신을 함정에 빠뜨리고, 희롱하고, 기회가 된다면 오크를 멸망시키자는 생각조차 했어요."

"……음."

"이유는 복수…… 숙부인 용사 레토의 명예가 더럽혀졌다고, 그렇게 믿었기에…… 하지만, 착각이었어요. 당신은 용사 레토와의 싸움을 자랑스럽게 여기고, 명예롭게 생각해 주셨어요. 저는 그 이야기를 듣고서도 자신의 감정에 따라, 캐럿의 감언에 넘어가서 돌이킬 수 없는 잘못을 저지르려던 참이었어요."

실비아나는 무릎을 꿇었다.

양손을 맞대고, 대지에 대고, 배시보다도 자신이 작아지도록 움츠러들었다.

패배를 인정한 짐승처럼.

이전에는 무슨 일이 있어도 오크에게만큼은 하지 않겠다고 생각했던 말이,

"용서해주세요."

간단히 입에서 나왔다.

"……."

배시는 동행자 페어리와 얼굴을 마주 봤다.

틀림없이 그도 실비아나가 이렇게까지 간단히 사죄하리라고는 생각하지 않았을 것이다.

요정이 배시의 귓가에 작게 무언가를 속삭였다.

배시는 작게 끄덕이고, 실비아나에게 물었다.

"음…… 그래서, 아내가 되어주기는 하는 건가?"

짓궂은 요정의 제안이리라.

아직 실비아나에게 굴욕을 줄 생각인 듯했다. 그도 당연하다, 배시 자신은 괜찮을지라도 그의 옆에서 그 상황을 보았던 사람이라면 배알이 뒤틀리는 일이었을 테니까.

"거짓말쟁이는, 영웅의 아내로 걸맞지 않아요. 과분한 말씀, 참으로 죄송하오나 사양토록 하겠어요."

"……그런가…… 알았다."

배시는 천천히 일어서서 하늘을 올려다봤다.

그 모습은 마치 실비아나를 아내로 맞이할 수 없다는 사실을 진심으로 아쉽게 여기는 것처럼 보였다.

그럴 리는 없다.

그렇게 생각하며, 실비아나는 배시를 올려다보고자 고개를 들고…… 깨달았다.

"……?"

하늘에서, 팔랑팔랑 마른 잎이 떨어지고 있었다.

마치 가을을 맞이한 것처럼. 일 년 내내 싱싱한 잎이 자라는 이곳 붉은 숲이.

"어……!"

실비아나는 저도 모르게 일어서서 등 뒤를 돌아봤다.

그에 이끌리듯 나자르 역시도 그녀의 시선을 좇았다.

"……말도 안 돼!"

세 사람이 올려다본 그곳에는 성수가 있었다.

붉은 잎이 싱싱하게 자라는, 거대한 나무가 있었다.

그럴 터였다.

울창한 그 잎은 바싹 말라서 떨어지기 시작했다.

가지는 시들고, 우둑우둑 소리를 내며 부러지기 시작했다.

생명으로 넘치던 줄기는 뿌리부터 썩은 것처럼 껍질이 벗겨지고 세로로 갈라졌다.

"세, 세상에…….."

역사상, 계속 비스트에게 용기를 주던 존재가, 비스트의 상징이.

성수가 시들고 있었다.

ORC HERO
STORY

# 오크영웅이야기

## 촌 탁 열 전

# 에필로그

　성수가 시들고 만 이틀이 지났다.

　갑자기 성수가 시들자 결혼식장에서는 소란이 벌어졌다.

　결혼식은 중단. 성수의 상황을 확인하러 와서 네가 저질렀을 것이라며 배시에게 따져 드는 병사들에게, 휴먼 왕자 나자르가 사태를 설명했다.

　게디구즈 부활을 꾀하는 자들이 있다는 것, 그자들에게 성수의 씨앗을 빼앗기고 그 결과로 성수가 시들었다는 것…… 그리고 하수인에게 살해당할 뻔했던 나자르와 실비아나의 목숨을 『오크 히어로』 배시가 구했다는 것.

　캐럿이나 포플라티카 같은 고유 명사를 감추었기에 불신감을 품게 했지만, 실비아나가 자신의 잘못 탓에 이 사태를 초래했다며 분하다는 듯이 참회했기에 병사들은 납득하고 상층부에 보고를 진행했다.

　두 사람은 설명을 위해 그들과 동행하고, 배시는 일단 풀려났다.

　보고를 받은 비스트 상층부는 사태를 무겁게 받아들였다.

　데몬 왕 게디구즈의 부활.

　지긋지긋한 그 전쟁의 재래.

　그것은 현재의 평화를 구가하는 자들에게 반드시 저지해야만 하는 일이었다. 당장에라도 각국과의 정보 공유가 진행되고, 토벌대가 조직되고, 게디구즈 부활을 저지하고자 행동이 개시될 것이다.

다만 데몬 왕 부활을 꾀하는 녀석들이 있다는 사실에 대해서는 함구령이 내려졌다.

휴먼, 엘프, 드워프, 비스트의 네 종족 동맹은 몰라도, 일곱 종족 연합에까지 이야기가 들어간다면 대규모 봉기가 발생할 가능성도 있었다.

나라 그 자체가 화평 조약을 깰 가능성도 있었다.

모두가 배시같이 훌륭한 존재는 아니니까.

◆

비스트 나라가 소란스러워졌을 무렵, 배시는 여관으로 돌아와서 여행 채비를 갖추고 있었다.

이번에는 모든 것이 제대로 풀리고 있었을 터.

전부 잡지 그대로 했다. 느낌도 괜찮았다. 게다가 목표와는 다른 여자도 낚았다. 아무런 잘못도 없었을 터.

단 하나, 잡지의 마지막 페이지에 적혀 있던 내용이 현실화되었을 뿐이었다.

잡지의 마지막 페이지.

그곳에는 이렇게 적혀 있었다.

『혹시 상대 여자가 돈을 목적으로 하거나, 당신을 희롱하는 것이 목적이었다면→결혼은 무리. 당신은 속고 있었다!』

실비아나 본인이, 희롱하는 것이 목적이었다고, 속였다고 확언

한 이상, 이미 어쩔 수 없다고 할 수 있으리라.

솔직히 온몸에서 힘이 빠지는 심정이었다.

하지만 잡지에 적혀 있는 내용이 틀린 것은 아니었다.

그 증거로, 캐럿은 하룻밤 만에 배시를 사랑했다. 실비아나는 꽝이었지만 다음 여자는 확실하게 결혼으로 이끌 수 있겠다는 예감이 있었다.

그리고 며칠, 배시는 캐럿과 만난 바를 계속 다녔다.

하지만 성수가 시들고 결혼식도 중지되며 거리에서 들뜬 분위기는 완전히 사라져서, 가게 안에는 여자는커녕 남자조차 거의 보이지가 않게 된 것이었다. 낮에도 거리는 살기가 등등하고, 남자도 여자도 전쟁 당시처럼 배시에게 날카로운 시선을 보내게 되었다.

다음으로 여자를 발견한다면 확실, 그렇게 생각했지만 잡지에도『모두가 들떠 있는 지금이 찬스』라고 적혀 있었다.

그러니까 들떠 있지 않은 지금은 찬스가 아닌 것이었다.

제아무리 배시라도 이곳에서 아내를 찾는 것은 어렵겠다며 결론을 짓고 여행 채비를 시작했다.

"그렇다고는 해도, 어디로 가야 할지."

하지만 다음으로 갈 곳이 정해지지는 않았다.

"어렵네요. 여기서부터 간다면 휴먼의 월경지 쪽으로 가봐도 괜찮을지도 모르겠지만요."

"조금 멀군……."

드워프는 이제 됐다. 엘프는 선더 소니아 건이 있어서 불가능.

그렇다면 다음은 휴먼밖에 남지 않았다.

하지만 휴먼의 영지는 아득히 멀었다. 여기서부터는 너무나도 멀었다.

"어라, 떠나는 건가?"

그렇게 고민하는 둘에게 말을 건네는 이가 있었다.

"나자르인가."

여관 입구, 그곳에는 한 남자가 서 있었다. 가면을 쓰고 악기를 연주하는 그 남자. 연주하는 악기에서는 오늘도 두룽, 불쾌한 소리가 울렸다.

"미안하지만, 이 가면을 쓰고 있을 때는 에롤이라고 불러줬으면 해. 일단은 이래 봬도 정체를 감춘다는 생각이거든."

"그런가. 그렇다면 에롤, 신세를 졌다."

에롤의 조력은 배시에게 확실한 반응을 가져다주었다.

그럼에도 결과가 나오지 않았던 것은, 이번 경우에는 운이 나빴다고밖에 형용할 도리가 없었다.

전장에서는 모든 것을 완벽하게 하더라도 패배하는 경우가 있다. 그와 마찬가지다.

"너는, 다음은 어디로 갈 생각이지?"

"……아직 정하진 않았다."

"도저히 가만히 있을 수는 없다, 그런 상황인가?"

"그래, 시간도 별로 없을 테니까 말이다."

배시가 오크 나라를 출발한 뒤로, 이미 상당한 날짜가 지났다. 아직 여유는 있을 테지만, 놀고 있을 틈은 없었다. 시간제한은 시시각각 다가오는 것이었다.

"그런가…… 갈 곳이 정해지지 않았다면, 내가 네 행선지를 정해줘도 될까?"

"들어보지. 네 말이라면 신용할 수 있다."

"네가 그렇게 말해주는 건 영광이야…… 일단 너는 데몬의 나라로 가줬으면 해."

"데몬……이라고?"

그 말에 다시금 떠오른 것은 전날, 흘끗 보기만 했던 데몬 마도사. 『섀도 보텍스』 포플라티카. 조금 음험한 인상을 받았지만 아름다운 여성이었다.

생각해보면 배시가 이제까지 보았던 데몬 여자는 미녀가 많았던 것 같다.

"……데몬이 오크를 상대해 줄 거라고?"

데몬 여자가 오크의 번식 상대 후보로 꼽히지 않는 것은, 그녀들이 오크를 상대해 주지 않기 때문이다.

전쟁 중, 데몬은 완전히 상위의 존재였다.

데몬 여자는 오크 따위는 상대하지 않았고, 오크 역시도 데몬 여자는 손에 넣을 수 없다며 포기했다.

사모한다니, 상대에게 실례되는 행위라고 그러기조차 했다.

"그래, 너라면 괜찮아."

"……그런가?"

"음. 오히려 너만이 할 수 있는 일일지도 모르지. 이미 전쟁은 끝났다고, 설득력을 가지고 전할 수 있는 건 너뿐이야."

"그렇군……."

전쟁은 끝났다.

오크도 데몬도 함께 전쟁에서 패배하고, 이미 상하 관계는 사라졌다.

힘으로 빼앗을 필요는 없이 사랑과 마음으로 상대를 함락시키는 시대라면…… 오크인 배시도 데몬 여자를 손에 넣는 것은 가능할 터. 물론 그렇더라도 오크를 완전히 얕잡아보는 데몬 여자를 손에 넣는 것은 상당히 어려울 테지만.

"『오크 히어로』인 너라면, 고위 데몬이라도 이야기를 들어줄 테지."

그리고 그 가능성은 높다고, 나자르는 호언장담했다.

"……알았다. 네가 그렇게 말한다면 도전해보지."

배시는 힘차게 끄덕였다.

사랑과 평화의 사자 에롤의 말은, 그에게 신의 계시와도 가까운 것이었으니까.

"너라면 그렇게 말해줄 거라 생각했어."

나자르는 그러더니 품속에서 편지 한 통을 꺼냈다.

"데몬 나라에 도착하면, 이걸 『암흑 장군』 시켄스에게 전해줘."

"『암흑 장군』에게…… 이런 것까지 준비해준 건가?!"

배시는 힘껏 끄덕였다.

『암흑 장군』 시켄스.

데몬 왕 게디구즈의 측근으로서 오랫동안 데몬군의 총지휘관을 맡았던 걸물이다.

지금은 왕이 없는 데몬 나라를 통솔하고 있다.

그런 시켄스에게는 세 딸이 있다. 모두 아름다운 여성으로, 그 딸 중 하나가 『섀도 보텍스』 포플라티카다.

포플라티카의 아버지에게 보내는 편지.

그 진의, 날카로운 배시도 바로 꿰뚫어 보았다.

편지의 내용은 바로 포플라티카와의 연결선, 중개하는 문장일 것이다.

"물론이야. 너를 얕보는 건 아니지만, 휴먼은 오크보다 교섭이 특기라고 자부하니까."

"감사하지."

"나야말로."

그것을 알았다면, 배시의 결단은 빨랐다.

"그럼, 가겠다."

"그래, 몸조심해."

배시는 일어서서 여관을 나갔다.

그 뒤를 팔랑팔랑 요정이 따라갔다. 그의 뒷모습을 배웅하며 나자르는 말을 건넸다.

"배시 경."

"응?"

"고마워."

새삼스러운 감사 인사에 고개를 갸웃거리면서도 배시는 끄덕였다.

그것을 보고 나자르는 가면 밑으로, 자랑스럽다는 미소를 짓는 것이었다.

■

　배시가 여행을 떠날 무렵, 실비아나는 감옥 안에 있었다.

　나자르의 증언으로 그녀는 적에게 조종당했을 뿐임은 알았지
만, 그녀 스스로가 자신에게는 벌이 필요하다며 자진해서 여왕에
게 청한 것이었다.

　감옥에 들어가는 정도로, 자신이 저지른 일의 속죄가 되리라고
는 생각하지 않았다.

　당장에라도 토벌대에 참가해서 직접 뒤처리를 하는 것이 책임
을 지는 진정한 방법이라고 생각했다.

　하지만 그럼에도 자신에게는 이렇게 벌을 받고 반성할 시간이
필요했다.

　"……."

　어둡고 축축한 감옥 안에서, 실비아나는 가부좌를 틀고서 명상
하고 있었다.

　마음속에는 후회도 많지만, 앞으로에 대한 생각이 더 많았다.

　적이 앞으로 어떻게 움직일지, 성수의 씨앗이란 무엇인지, 어
떻게 사용하는지, 그 사용법에 따라서는 대책을 세울 수 있을지
도 모른다, 그렇다면 앞으로 자신들의 움직임은, 그렇게 생각나
는 것들은 많았다.

　그런 그녀를 한 여성이 찾아왔다.

"실비아나."

여성의 목소리에 실비아나는 퍼뜩 고개를 들었다.

그리고 그 얼굴을 보고 눈을 크게 떴다.

자매 중에서도 특히 짐승으로서의 특징이 드러난 얼굴, 개 그 자체의 머리지만 전체적으로 다정한 분위기가 감돌았다.

"아! 언니!"

셋째 공주 이누에라였다.

이번 소동으로 중지된, 결혼식의 주역이었다.

실비아나는 가부좌를 풀고 개처럼 바싹 엎드렸다.

"이번에는, 제 얕은 행동으로, 축하할 자리를 엉망으로 만들어 버려, 죄송해요."

"그러네. 조금 아쉬웠어."

그 말에 실비아나의 이마를 타고 식은땀이 흘렀다.

그녀는 계속 결혼식을 기대했다. 그런 자리가 저런 결말로 끝 났으니, 아무리 사과해도 모자랐다.

"하지만 됐어. 결혼식 따윈 어차피 대외적인 자리니까."

"하지만."

"괜찮아. 나는 좋아하는 사람과 하나가 될 수 있어서 행복하니까."

이누에라는 그러면서 명랑하게 웃었다.

"그보다도, 잠깐 안 본 사이에 평온한 얼굴이 되었구나."

"그럴, 까요."

"그래, 예전의 너는, 우리와 대화를 나누고 있어도 어딘가 팽팽 한 느낌이었거든."

실비아나는 자신의 얼굴을 만졌다.

스스로는 잘 모르겠지만, 짚이는 바는 있었다.

"……저는 계속, 레토 숙부님의 원수를 갚겠다고, 그렇게 생각했어요. 짓밟힌 비스트의 긍지를 되찾겠다고, 오크에게 응보를 받아내겠다고……."

"너는, 누구보다도 숙부님을 좋아했구나."

"하지만 『오크 히어로』배시 님과 실제로 만나고, 대화를 나누고, 자신이 잘못 생각했다는 걸 알았어요. 배시 님은 원해서 레토 숙부님을 방치한 것도, 그 승리를 자랑스럽게 여기지 않은 것도 아니었다고."

"……전쟁이었는걸."

"예. 그리고 전쟁은, 끝났어요. 배시 님은 누구보다도 그것을 이해하고 있었고, 어리석은 저는 모르고 있었던…… 그것을, 배시 님에게 배웠어요."

배시에게 배웠다.

실비아나는 자신이 입에 담은 표현에, 묘하게 납득했다.

그렇다, 그는 실비아나를 끈기 있게 지켜봐준 것처럼 느껴졌다.

보통은 실비아나가 다가간 시점에서 자신의 변명을 하더라도 이상하지는 않다.

하지만 그는 그러지 않고, 그야말로 자연스럽게, 레토와의 싸움이 자랑스러운 일이었다고 이야기해 주었다.

말을 듣지 않는 아이에게, 알아듣기 쉽게 설명하듯이.

일찍이 앞뒤 생각하지 않는 아이였던 실비아나에게, 끈기 있게 많은 것을 가르쳐준 레토처럼.

"배시 님, 결혼식장에서 흘끗 봤을 뿐이지만, 레토 숙부님이랑 분위기가 닮았더구나."

"예."

"후후, 네가 그렇게까지 솔직하게 수긍하다니…… 다음은 오크와 비스트의 우호를 바라는 결혼식일까."

"노, 놀리지 마세요."

떠오른 것은, 배시의 프러포즈였다.

자신을 나무라기 위해서 건넨 것이었지만, 다시금 떠올리자 참으로 정열적인 프러포즈였다. 저도 모르게 뺨이 뜨거워지고 말았다.

"『오크 히어로』 배시 님은 위대한 분이에요. 저같이 얄팍한 계집은 그런 분의 아내로 걸맞지 않아요."

"그래?"

"예. 그래요."

실비아나는, 이야기는 그것뿐이라는 듯 고개를 돌렸다.

한창 벌을 받는 중인데도 얼굴이 붉어진 모습을 드러내는 것은, 거북했다.

"어쨌든 건강해 보여서 다행이야. 조금 걱정했으니까."

"걱정을 끼쳐서, 죄송해요."

실비아나는 사죄하며, 하지만, 하고 생각했다.

하지만 자신이 조금 더 얄팍하지 않은 사람이 된다면, 조금 더 걸맞은 사람이 된다면, 그때는……이라고.

ORC HERO
STORY
# 오크영웅이야기
## 촌 탁 열 전

# 한담 엘프 대마도사도 길을 떠난다

배시가 떠나고 며칠 뒤, 선더 소니아는 잡무에 쫓기고 있었다.

비스트 나라가 소란스러워지고 결혼식이 중지되며 엘프 측에도 파문이 퍼졌는데, 그 처리에 그만 고개를 들이밀고 말았으니까.

어디까지나 자신은 선더 소니아가 아니라 가면의 성녀 오란티아카라고 주장했지만, 그 탓에 보기 좋게 부려지는 느낌도 있었다.

하지만 선더 소니아든 오란티아카든, 데몬 왕 게디구즈를 부활시키려는 세력이 있다는 사실을 알았으니까 그저 놀고 있을 수는 없었다.

선더 소니아는 오랜 경험으로, 자신만이 할 수 있는 일이 있다는 것은 너무나 잘 알고 있었다.

잡무는 이제 적당히 넘기고, 그것을 하러 가야만 한다.

그렇지만 그것이 무엇인지는, 현재로서는 알 수 없었다.

그래서 그날도 쓸데없는 잡무로 하루를 보내고 말았다.

"하―, 이것 참…… 정말이지, 이런 곳에서 회의나 해봐야 어쩔 수도 없을 텐데……."

심야, 선더 소니아는 자기 방에서 한숨을 내쉬고 있었다.

매일 밤 앞으로 어떻게 하느냐는 회의에 출석을 요구받아서 아주 질렸다.

그 회의가 건설적인 내용이라면 좋겠지만, 그저 어떻게 하느냐, 책임 소재는 어디냐고 소란만 떨 뿐, 진전은 없었다.

당연할 것이다. 현재로서는 너무나도 정보가 적으니까.

그렇지만 정보 수집이라는 것은 인원과 시간을 필요로 한다.

선더 소니아가 혼자서 허둥지둥 움직여봐야, 대단한 정보를 얻을 수 없다는 것은 명백했다.

게다가 선더 소니아의 특기는, 굳이 따지자면 정보를 얻은 다음의 행동이다.

적의 위치나 목적을 파악한 뒤, 그것을 박살 낸다.

엘프 대마도사의 범용성과 대처 능력은, 다른 영웅과는 분명한 차이가 있다.

그렇기에 선더 소니아로서는 정보가 모인 다음에 움직이고 싶은 참이지만…….

이런 어수선한 상황에서 정말로 필요한 정보를 얻을 수 있다는 확증도 없었다. 자칫하면 네 종족 동맹이 서로 발목만 붙잡는 상황이 시작될 가능성도 있었다.

눈앞에서 성수가 시드는 것을 본 비스트는 모를까, 다른 종족의 입장에서 보면 게디구즈가 부활한다는 것은 질 나쁜 헛소문으로밖에 들리지 않을 것이다. 엘프는 나무를 잘 아니까 너희가 무언가 저지른 것은 아니냐고, 휴먼 고관 따위가 따지고 든다면 머리 나쁜 드워프도 믿기 시작할지도 모른다.

전쟁이 끝나고 3년. 전쟁 중의 증오나 분노가 아직 남아 있는 한편, 평화에 찌든 녀석들이 늘어나고 있는 것도 분명했다.

"……."

옆에 있는 부겐빌리아가 선더 소니아에게 말없이 물을 건넸다.

선더 소니아는 그것을 꿀꺽꿀꺽 마시고는 팔짱을 끼고 창밖을 봤다.

창문으로 보이는 비스트 나라의 광경은, 며칠 전과 별반 다르지 않았다.

하지만 분위기는, 어딘가 음울한 기운이 감도는 것처럼 느껴졌다.

마음을 의지하던 성수가 시들었으니 당연할 것이다.

그것을 느끼며 선더 소니아는 생각했다.

"……나는, 무엇을 하면 좋지?"

적어도 중지된 결혼식 뒤처리가 아닌 것은 분명했다.

당장 엘프 본국이나, 혹은 시와나시 숲으로 돌아가서 진두지휘를 맡아도 된다.

이치에 따른다면 그렇게 해야 하리라.

엘프는 선더 소니아의 한마디가 있다면 대부분이 움직인다. 첩보부에 정보 수집을 지시하고, 그 결과를 보고서 자신이 움직이는 것이 전쟁 중의 방식이었다.

하지만 자신은 드물게도 나라를 나온 상태. 굴레가 없는 상태에서 자유롭게 움직일 수 있는 입장인 것이다. 이것을 이용하지 않는 것도 아까웠다.

그보다도 나라로 돌아가면 더는 신랑을 찾을 수가 없다.

그렇다, 선더 소니아는 아직 포기하지 않았다. 결혼을 위한 이 여행을.

우선순위는 결코 높지 않지만, 확실히 포기하고 싶지 않다고 생각했다.

전쟁이 재개되든지, 혹은 저지할 수 있든지. 어쨌든 그 전에 하나 정도 침을 발라놓고 싶다는 마음에, 거짓말은 할 수 없었다.

선더 소니아는 고민했다.

"부겐빌리아…… 너는 어떻게 생각하느냐?"

"마음이 가시는 대로 하신다면 괜찮지 않을까요."

고민하는 선더 소니아에게, 전직 암살 부대원은 쌀쌀맞았다. 너무나도 차가웠다.

"선더 소니아 님께서 엘프에게 이익이 되지 않는 행동을 하실 리가 없어요. 원로원 분들도 납득하겠죠."

"바보, 과대평가가 지나쳐. 나도 자기 일만 생각한다고…… 게다가 원로원 녀석들은 나이를 먹어서 완고해졌으니까 말이야, 납득 같은 건 안 한다고. 마지못해 말이야, 마지못해!"

솔직히 원로원은 선더 소니아가 엘프를 위해서 움직인다면 아무 말도 하지 않을 것이다.

선더 소니아가 엘프를 위해서 움직인다면, 말이다.

선더 소니아가 결혼을 포기하지 않았다는 사실이 드러난다면, 제아무리 원로원이라도 화낼 것이다. 원로원만이 아니라 토리카부토 같은 이들한테도 혼이 날 것이다. 그만큼 나이를 먹고서 뭘 하는 것이냐고. 모두 그렇게 말할 터.

"후후, 자기 일이라고 말씀하시면서도, 선더 소니아 님은 언제나 엘프를 위해서 움직이시지 않나요."

어쩌면 부겐빌리아도 화낼지도 모른다. 아니, 그럴지도 모르는 것이 아니라, 화낼 것이다. 자기한테 그런 소리를 해놓고, 본인은 남자 뒤꽁무니나 쫓느냐고.

그러니까 고민 내용에 대해서는 입에 담을 수 없었다.

스스로 결정해야만 했다.

"설령 자기 일이더라도, 엘프는 선더 소니아 님에게서 자립해야만 해요. 다들 그렇게 생각하고 있어요. 그러니까 선더 소니아 님은, 모쪼록 자유롭게 방탕하기 그지없이 보내주세요."

"……방탕이라니 뭐야. 괜찮겠어? 그런 소리를 했다가, 내가 남자라도 낚으러 다니면 어쩔 생각이야? 매일 밤 남자를 갈아치우고, 그러다가 아비도 모르는 아이를 낳는다던가."

"하하하하하. 그럴 수 있다면, 선더 소니아 님께도 손자 한둘은 있겠죠?"

"……."

확실히 그러네, 선더 소니아는 그런 생각을 하고 말았다.

"괜찮아요. 다들 알고 있으니까. 선더 소니아 님께서는 입으로 무슨 말씀을 하시든, 결코 엘프를 버리시지 않는다고."

"아니, 그야 버리진 않겠지만. 남자나 낚으러 다닌 결과, 조국이 멸망한다니 웃을 수도 없는 이야기라고."

영 대화가 맞물리지 않는다는 사실에 기겁하며, 선더 소니아는 문득 창밖을 봤다.

그러자 그곳에는 수상쩍은 풍채의 남자 하나가 보였다.

그는 부지 안에서 몰래 나가는 참이었다.

"……저 녀석."

그 풍채가 기억에 있던 선더 소니아는, 의자에서 일어났다.

"이봐, 어디로 갈 생각이냐?"

선더 소니아의 목소리에, 어둠 속으로 사라지려던 남자는 걸음을 멈추었다.

"이것 참, 가면의 성녀 오란티아카 님, 이런 밤중에 묘령의 여성이 어슬렁거리시다가는, 암살자 같은 걸로 의심받는다고요?"

"의심해도 상관없어. 꺼림칙한 일은 전혀 안 하니까. 너야말로, 이런 밤중에 야반도주 같은 짓을 하다니, 뭔가 나쁜 일이라도 저질렀나? 응? 전우의 인연으로 아무한테도 말 안 할 테니까 말해봐. 나자르 경."

부겐빌리아는 옆에서 듣다가 '완전히 친척 아주머니 같은 분위기야'라고 생각했다.

하지만 입 밖으로 꺼내지는 않았다.

누가 상대라도 이럴 테니까.

그녀는 엘프 젊은이가 가출할 때에 훌쩍 나타나서는, 같이 놀러 가거나 밥을 사주기도 했다. 그리고 엘프 젊은이가 가출하는 원인이 된 인물을 다정하게 타일렀다. 부겐빌리아에게 그런 경험은 없었지만, 부대의 누군가가 어릴 적에 그런 일이 있었다고 이야기했다. 아니, 가출한 쪽이 아니라 원인이 되어 선더 소니아가 타이른 쪽이었던가?

"그만해요. 정말로 나쁜 짓을 저지른 것 같잖아."

"그래서, 뭐야? 정말로 말하기 힘든 일이라면 굳이 이야기할 건 없다만⋯⋯."

"전날, 캐럿 경한테 서큐버스 나라의 현재 상황에 대해 들어서 말이죠. 각국에 냉대를 받고, 아이들조차 굶주린다고…… 최근 며칠 동안 조금 파봤는데, 아무래도 사실인 모양이라……."

"이봐, 혹시 너, 서큐버스의 나라로 갈 생각이냐?"

"예. 나자르의 이름을 이용하면 무언가 할 수 있는 일도 있을 테니까요."

"진심이냐? 너, 남자가 굶주린 서큐버스한테 간다니, 죽으러 가는 거나 마찬가지라고? 애당초 넌 서큐버스를 얕보고 있는 거 아니냐? 너는 아직 젊으니까 잘 모르겠지만, 그 녀석들한테 남자라는 건 먹잇감이야. 너는 대화가 가능하다고 생각할지도 모르겠지만, 배가 고플 때에 노릇노릇하게 구운 고기가 찾아온다면 과연 대화를 할 것 같아? 우선 네 살부터 핥아볼 거라고. 맛을 보겠다든지 그러면서──."

"……결국."

나자르는 크게 한숨을 내쉬었다.

"선더 소니아 님도, 같다는 겁니까. 우리나라에서 캐럿 경을 업신여긴 사람과."

"뭐, 뭐가?"

남몰래 노리고 있던 미남의 낙담에, 선더 소니아는 그만 허둥댔다.

"서큐버스도 다가가려고 했던 겁니다. 그걸 이렇게 무조건 밀쳐냈으니, 똑같은 거 아닌가요?"

"아니, 하지만."

"당신도 배시 경을 보고, 알았을 테죠? 여자를 번식의 모판으로만 볼 법한 오크 중에도 대화가 가능한 사람은 있다, 그뿐만 아니라 존경할 수도 있는 인물이 있다고."

"아니, 나는 서큐버스를 폄하하려는 게 아니라, 단순히 널 걱정하는 것뿐이다만……."

하지만 그렇게 말하니 선더 소니아도 입을 다물 수밖에 없었다.

선더 소니아는 확실히 오크에게 편견을 가지고 있었다.

그러나 배시와 만나고, 그 편견이 누그러진 것은 확실했다.

대부분의 오크는 그렇게 고결하지 않을 테지만, 그러나 오크도 고결한 정신을 가질 수 있다고.

모든 오크가 그만큼 고결하다면, 오크 중에서 남편을 찾는 것도 나쁘지 않을 정도였다.

노리는 것은 역시나 배시이지만, 한번 프러포즈를 거절해놓고서 대시를 할 수는 없었다. 물론 상대 쪽에서 다시 한번 다가온다면, 인색하게 굴지는 않을 테지만.

거기까지 생각하고, 선더 소니아는 도리도리 고개를 가로저었다. 지금 그것은 제쳐놓고.

"애당초 캐럿의 말이 거짓이 아니라는 확증은 어디 있지? 그 녀석은 입에서 나오는 대로 지껄이고, 뒤에서 몰래 남자를 밀반입하고 있을지도 모르잖아."

"그것이 거짓말이 아니라는 것 정도는, 당신도 알잖아요?"

"……뭐, 그렇지."

네 종족 동맹은 서큐버스나 데몬을 집요할 만큼 경계하고 있었다.

혹시 뒤에서 그런 움직임이 있다면 금세 판명될 것이다.

그리고 그것을 이유로 더더욱 강하게 탄압할 것이다. 그런 세력이 있으니까.

"으~……."

선더 소니아는 고민하고, 신음했다.

"이야기는 끝입니까? 그럼 저는 이만 가도록 하죠."

계속 신음하는 선더 소니아를 그냥 두고, 나자르는 걸어갔다.

선더 소니아는 떨떠름한 표정으로 그를 보내려다…… 표정을 스윽 풀고는 손뼉을 짝 쳤다.

"응, 그렇다면 나도 널 따라갈까!"

나자르가 황급히 돌아봤다.

"예? 하지만, 당신은……."

"내가 호위로 붙어 있다면, 아무리 서큐버스라고 해도 쉽사리 손을 댈 순 없겠지. 상대도 원한은 가지고 있을 테지만, 그건 어떻게 잘 해결하면 돼. 응, 안심해, 엘프 대마도사 선더 소니아, 전우를 간단히 사지로 보내진 않아."

"선더 소니아 님……."

"게디구즈가 부활할지도 모른다면, 서큐버스를 탐색한다는 의미에서라도 누군가 가야만 할 테니까 말이다."

선더 소니아는 거기까지 말하고, 나자르가 자신을 빤히 바라보는 것을 깨달았다.

그래서 모자챙을 붙잡고서, 멋을 부리며 이렇게 말하는 것이었다.

"음, 뭐냐. 반하지 말라고?"

제발 반하라는 의미였다.

어느 여성에게 정조를 지킨다고 듣기는 했지만 그래도 혹시 기회가 있을지도 모르고, 잘하면 나자르의 친구를 소개받을 수 있을지도…… 그런 생각을 하는, 서글픈 여자의 발버둥이었다.

"후후, 물론이죠."

물론, 그런 의미가 통할 리는 없어서, 나자르는 옅게 미소를 지을 뿐이었다.

선더 소니아는 감촉이 괜찮다며 더욱 몰아붙이려고 했지만, 문득 자기 옆에서 곤란한 표정을 짓고 있는 여자를 알아차렸다.

"무슨 표정이냐, 부겐빌리아. 너도 오는 거라고."

"……저도, 말인가요?"

"그런 짓을 저질렀다고. 본국으로 돌아가면 지독한 벌을 받겠지? 관심이 식을 때까지는 내 호위를 맡도록 해. 뭐, 이 여행이 끝날 무렵에는 네 과오도 모두 사라질 거야."

"아! 알겠어요."

"좋아, 네가 있다면 든든하지, 의지하고 있으니까 말이야!"

부겐빌리아는 생각했다.

'이분은 엘프만이 아니라, 자연스럽게 어떤 상대라도 구하려고 하신단 말이지.'

이리하여 선더 소니아는 또다시 여정에 올랐다.

절대로 돌아봐주지 않는 상대와 함께, 자신에게 크나큰 원한을 가진, 남자가 없는 종족의 소굴로.

선더 소니아 결혼의 길은, 끝없이 멀고 험난한 것이었다.

여러분 격조했습니다. 리후진 나 마고노테입니다.

우선은 이 자리를 빌려서『오크 영웅 이야기』제4권을 손에 들어주신 여러분께 감사를 드리겠습니다.

여러분, 정말로 감사합니다.

이번에는 후기를 통해 4권에서 고생한 일에 대해서라도 적을까 싶었지만, 페이지가 적으니까 근황만 이야기할 생각입니다.

우선은 제 이야기인데, 사실은 최근에 바이러스에 감염되어 좀비가 되었습니다!

좀비라는 것은, 되기 전에는 공포의 대상이었습니다. 나는 저렇게 되고 싶지 않다, 반드시 도망치겠다고 맹세했습니다. 그러나 막상 되고나니 의외로 좀비도 괜찮다고 깨닫게 되었습니다.

어깨 결림과는 인연이 없는 몸. 스트레스와는 거리가 먼 단순한 사고밖에 못 하는 뇌.

견디기 힘든 식욕이라는 단점은 있지만, 어차피 뭔가 먹지 않으면 죽는 것은 인간이었을 때와 똑같으니까 신경 쓸 정도는 아닙니다.

그러니까 지금의 저는 식사를 찾아서 방랑하며, 단순한 사고력을 구사하여 소설을 쓰고 있다는 것입니다.

여하튼 뇌의 성능이 나쁘니까 한 줄을 쓰는 데 며칠이나 걸리고 말지만, 무한하다고도 할 수 있는 수명을 주체 못 할 정도니까 문제는 전혀 없습니다. 마음 편한 노후라고 해도 과언이 아니겠죠.

참고로 캠핑장에 있는 것은, 이런 장소에는 쉽게 사람이 모인다는 것을 알기 때문입니다.

캠핑장은 마을에서 떨어진 것치고, 최소한의 생활이 가능한 물자나 건물이 있으니까 말이죠. 인간 몇몇이 숨어서 살기에는 제격이라는 겁니다.

저도 인도어파니까 후각이나 요행에 의지해서 식량을 찾아다니는 것은 그만두고, 숨어서 인간이 오는 것을 기다리는 겁니다. 이렇게 불을 피우고, 밤하늘을 바라보고, 소설을 쓰면서요.

인간이었을 때의 용어를 사용한다면, 의태형과 개미지옥형의 하이브리드라고 할까요.

의외로 인간은 이런 것에 속더군요. 이 캠핑장은 최근에 캠핑을 한 흔적이 있다, 사람이 있었다. 그러니까 좀비는 없다고요.

원래 인도어파였던 제가 캠핑이라니 얄궂은 이야기네요. 사용하는 전법은 아싸도 이럴까 싶을 정도로 완전히 캠핑 플레이지만⋯⋯.

그건 그렇고, 아아, 타닥타닥 터지는 모닥불, 적막으로 뒤덮인 밤중의 산, 맑은 공기, 몸도 마음도 씻겨나가는 것 같습니다. 어째서 좀비가 되기 전에 이런 아웃도어를 즐기지 않았을까, 그저 신기할 따름입니다.

그런 글을 적고 있었더니, 어라, 간신히 인간이 온 모양입니다.

야식 시간이네요. 그럼 다녀오겠습니다.

뭐, 길어졌습니다만…… 이번에도 멋진 일러스트를 그려주신 아사나기 씨,『무직전생』일 때문에 주력하지 못하고 크게 폐를 끼쳤습니다 편집 K 씨, 그 밖에 이 책에 관여해주신 모든 분들. 또한, 소설가가 되자 쪽에서 갱신을 기다려주시는 독자 여러분.

이번에도 정말 감사했습니다. 5권에서 또 만나죠.

**리후진 나 마고노테**

ORC EIYU MONOGATARI Vol.4 SONTAKU RETSUDEN
ⒸRifujin na Magonote, Asanagi 2022
First published in Japan in 2022 by KADOKAWA CORPORATION, Tokyo.
Korean translation rights arranged with KADOKAWA CORPORATION, Tokyo.

# 오크 영웅 이야기 4 ~촌탁 열전~

2024년 4월 15일 1판 2쇄 발행

**저　　　자** 리후진 나 마고노테
**일 러 스 트** 아사나기
**옮 긴 이** 손종근
**발 행 인** 유재옥
**이　　　사** 조병권
**출판본부장** 박광운
**담 당 편 집** 정영길
**편 집 1 팀** 박광운 최서영
**편 집 2 팀** 정영길 조찬희 박치우 정지원
**편 집 3 팀** 오준영 이소의 권진영
**디자인랩팀** 김보라 박민솔
**디지털사업팀** 박상섭 김지연 윤희진
**라이츠사업팀** 김정미 맹미영 이윤서
**영업마케팅팀** 최원석 박수진
**물 류 팀** 허석용 백철기
**경영지원팀** 최정연
**인쇄제작처** ㈜코리아피엔피
**발 행 처** ㈜소미미디어
**등　　　록** 제2015-000008호
**주　　　소** 서울시 마포구 토정로222, 403호 (신수동, 한국출판콘텐츠센터)
**판매 및 마케팅** (070) 8822-2301

ISBN 979-11-384-1844-7 04830
ISBN 979-11-384-1035-9 (세트)